COLLECTION FOLIO

Robert Louis Stevenson

Le Club
du suicide

*Traduit de l'anglais
par Charles Ballarin*

Gallimard

Ce texte est extrait des
Nouvelles mille et une nuits *(Œuvres I, Pléiade).*

© *Éditions Gallimard, 2001.*

Né à Édimbourg en Écosse en 1850, fils et petit-fils d'ingénieurs spécialisés dans la construction maritime, la voie de Robert Louis Stevenson semblait toute tracée. Mais sa santé chétive, aggravée par le climat humide de l'Écosse l'en écarta. Pour lutter contre la maladie pulmonaire qui le rongeait, l'enfant se réfugia dans les rêves et les livres. Bercé de contes calédoniens par sa nourrice, il dévorait les romans de Walter Scott, d'Alexandre Dumas et les récits de piraterie de C. Johnston. Pour le guérir, sa mère, fragile également, l'emmena vers le Sud ensoleillé. Il découvrit avec émerveillement l'île de Wight, Menton et le cap Martin. Entré en conflit avec sa famille d'une rigidité toute presbytérienne, il fut admis à l'université à quinze ans et mena une vie bohème, se déclarant agnostique. Sa révolte ne l'empêchait cependant pas d'accepter les secours financiers de sa famille qui restait généreuse. Ses études de droit le menèrent au barreau, mais il n'exerça jamais. Il fit la connaissance d'un important critique littéraire, Sidney Colvin qui lui ouvrit les portes du monde des lettres. Ayant décidé d'être écrivain, il voulut mettre à profit ses expériences et commença à voyager. Après les Hébrides, ce fut le pays de Galles, l'Allemagne et la France où il découvrit Montaigne, Villon, Hugo et Balzac. D'une descente de la Sambre et de l'Oise en canoë, curieusement accoutré, « sur la tête une calotte de modèle indien, une chemise de flanelle foncée que d'aucuns diraient noirâtre, une légère veste de cheviotte, un pantalon de toile et des jambières de cuir », il tira son premier livre, *Un voyage sur le Continent* en 1878. Ensuite, sur une ânesse baptisée Modestine, il parcourut les Cévennes et écrivit un charmant récit, *Voyage avec un âne dans les Cévennes* : « J'étais l'animal le plus heureux de France. » C'est auprès des rapins de Fontainebleau qu'il rencontra en 1876 la femme qui devait donner un sens définitif à sa vie, Fanny Osbourne. Âgée de dix ans de plus que lui, elle fut la première artiste américaine que les peintres de Barbizon acceptèrent parmi eux. Elle avait l'esprit moqueur, mais le caractère bien décidé, il était impulsif, gouailleur et optimiste, et tous deux haïssaient les conventions sociales. Fanny divorça en 1878 d'un mari resté aux États-Unis et Stevenson décida de la rejoindre en Californie, malgré le diagnostic pessimiste des médecins. Il raconta son voyage dans *The Amateur Emigrant* (1880). Retombé malade, il fut soigné avec vigilance par Fanny qu'il épousa en 1880, avant de rentrer en Écosse, ayant apaisé l'hostilité familiale. Menacé par la phtisie contre laquelle il luttait d'arrache-pied avec optimisme et courage, de la Suisse à la Provence et à Bournemouth, Stevenson se consacra à écrire poèmes et récits romanesques pour le plus grand bonheur de son beau-fils, Lloyd Osbourne, son futur collaborateur littéraire. *L'Île au trésor* qui, paru en 1883, triompha auprès des enfants comme des adultes : la vie du jeune Jim Hawkins est bouleversée le jour où le « capitaine », un vieux forban taciturne et grand amateur de rhum, s'installe dans l'auberge de ses parents. Jim comprend vite que cet étranger n'est pas un client ordinaire. En effet, lorsqu'un effrayant aveugle frappe à la porte de l'auberge isolée, apportant au marin la tache noire symbole des pirates et synonyme de mort, la chasse au trésor a déjà commencé ! Quelques années plus tard parut son chef-d'œuvre, *L'Étrange Cas du docteur Jekyll et de M. Hyde* (1886), un récit qui déborde la simple fiction et illustre l'un des thèmes majeurs de la psychanalyse, celui de la double personnalité. En 1889, Stevenson publia *Le Maître de Ballantrae*, un roman d'aventures, qui commence en Écosse en 1745 et entraîne le lecteur sur les champs de bataille, sur les mers avec les pirates, vers les Indes orientales et enfin en Amérique du Nord avec sa terrible forêt sauvage, hantée par des trafiquants, des aventuriers patibulaires et des Indiens sur le sentier de la guerre. Il écrivait cloîtré dans des chambres à coucher ou étendu sur une chaise longue, au grand air. En 1887, malgré sa santé déclinante, il accepta avec enthousiasme le projet d'une croisière en Océanie et visita les Îles Marquises, Tahiti, les Samoa occidentales, avant de s'installer à Apia, dans l'île d'Opulu et de se passionner pour les indigènes. Il publia des romans inspirés de ses voyages : *Dans les mers du Sud* (1890). *Le Trafiquant d'épaves* (1892). Une congestion cérébrale l'emporta au soir du 3 décembre 1894. Il fut enterré au sommet du mont Vaea qui dominait sa propriété et l'océan, et laissa un chef-d'œuvre, hélas inachevé, *Le Barrage d'Hermiston*.

Celui que les Polynésiens surnommaient « Tusitala », le « conteur d'histoires », méritait et mérite toujours cet hommage populaire, même si l'écrivain, essayiste, poète et romancier, est peu connu de nos jours et laisse au docteur Jekyll et à M. Hyde le soin de perpétuer son nom.

Découvrez, lisez ou relisez les livres de Stevenson :

L'ÉTRANGE CAS DU DOCTEUR JEKYLL ET DE M. HYDE (Folio n° 3890 et Folio Bilingue n° 29)

L'ÎLE AU TRÉSOR (Folio n° 3399)

LE MAÎTRE DE BALLANTRAE (Folio n° 3382)

LE DIAMANT DU RAJAH (Folio Bilingue n° 108)

HISTOIRE DU JEUNE HOMME
AUX TARTELETTES
À LA CRÈME

Lorsqu'il vivait à Londres, Florizel, prince de Bohême et parfait gentilhomme, gagna l'affection de toutes les classes de la société par l'élégance de ses manières, et une générosité fort appréciée. Le peu que l'on savait de lui, qui n'était pas grand-chose au regard de la générosité dont il faisait preuve, le faisait considérer comme un être hors du commun. Homme placide dans la vie de tous les jours, et habitué à prendre la vie avec la sérénité du laboureur, le prince de Bohême avait néanmoins un penchant marqué pour une existence plus aventureuse et excentrique que celle à laquelle le destinait sa naissance. De temps en temps, quand il était d'humeur mélancolique, qu'il n'y avait pas de pièce amusante à l'affiche des théâtres de Londres, et lorsque la saison n'était pas aux exercices de plein air, où il était sans rival, il convoquait son confident et grand écuyer, le colonel Geraldine, et lui ordonnait de se tenir prêt pour une expédition nocturne. Le grand écuyer, qui était un jeune officier au tempérament courageux, voire téméraire, accueillait la nouvelle avec enthousiasme, et se hâtait de se préparer. Une longue expérience ainsi que toutes sortes d'aventures l'avaient doté d'un talent singulier pour le déguisement ; il savait adopter non seulement le visage et l'allure, mais aussi la voix, presque même les pensées, de tous les rangs de la société, de toutes sortes de personnages et de nationalités ; il permettait ainsi à son maître de passer inaperçu et de s'introduire avec lui dans les cercles les plus fermés. Les autorités civiles n'étaient jamais dans le secret de ces aventures ; le courage imperturbable du prince, allié à l'imagination toujours en éveil et au dévouement chevaleresque de son compagnon, les avait entraînés dans nombre de situations périlleuses ; et le temps ne faisait qu'augmenter leur audace.

Un soir de mars, une brusque averse de neige fondue les contraignit à se réfugier dans un bar à huîtres des environs immédiats de Leicester Square. Le colonel Geraldine était vêtu et grimé comme une sorte de journaliste en mal de copie ; quant au prince, il avait, comme d'habitude, travesti son apparence en collant sur son visage une fausse moustache et une paire d'épais sourcils. Ces ajouts lui donnaient un air hirsute et fatigué qui, pour quelqu'un d'aussi distingué, constituait le plus impénétrable des déguisements. Ainsi équipés, le colonel et son satellite pouvaient siroter leur fine à l'eau en toute quiétude.

Le bar était rempli de consommateurs, hommes et femmes ; cependant, bien que plus d'un tentât d'engager la conversation avec nos aventuriers, aucun ne promettait de gagner à être mieux connu. Il n'y avait là que la lie de Londres, le tout-venant de la canaille ; et le prince commençait à bâiller, déjà las de toute cette expédition, lorsque les portes battantes s'ouvrirent violemment, et un jeune homme, suivi de deux commissionnaires, entra dans le bar. Chaque commissionnaire était porteur d'un grand plat de tartelettes à la crème recouvertes d'un linge qu'ils soulevèrent immédiatement ; le jeune homme fit alors le tour de la salle, proposant les pâtisseries en question à tous les clients avec une courtoisie exagérée. Son offre était tantôt acceptée de fort bonne grâce, tantôt rejetée avec fermeté, et même sans ménagement, auquel cas le nouveau venu mangeait lui-même la tartelette, en faisant un commentaire plus ou moins spirituel.

Enfin, il aborda le prince Florizel.

« Monsieur », dit-il, avec une profonde révérence, en lui tendant la tartelette qu'il tenait entre le pouce et l'index, « ferez-vous cette insigne faveur à un parfait inconnu ? Je réponds de la qualité de la pâtisserie, ayant eu l'occasion d'en manger deux douzaines plus trois depuis 5 heures de l'après-midi.

— J'attache d'habitude moins d'importance à la nature des cadeaux qu'à l'esprit dans lequel ils sont offerts, répondit le prince.

— L'esprit en question, monsieur, est la dérision », dit le jeune homme, en faisant une nouvelle révérence.

« La dérision ? répéta Florizel. Et aux dépens de qui ?

— Je ne suis pas ici pour exposer ma philosophie, répondit l'autre, mais pour distribuer ces tartelettes à la crème. Si j'ajoute que je me considère volontiers comme inclus dans le ridicule de cette transaction, vous jugerez votre honneur satisfait, j'espère, et condescendrez à accepter cette tartelette. Sinon, vous me verrez dans l'obligation d'en manger une vingt-huitième, et j'avoue que je suis las de cet exercice.

— Vous me touchez, dit le prince, et je suis parfaitement disposé à vous sauver de ce dilemme, mais à une condition : si mon ami et moi mangeons ces gâteaux — et nous n'en avons pas davantage envie l'un que l'autre —, nous exigeons que vous soupiez avec nous en guise de compensation. »

Le jeune homme sembla hésiter.

« C'est que j'en ai encore quelques douzaines sur les bras, dit-il enfin ; il va donc me falloir aller dans d'autres bars avant d'en avoir fini avec ma noble entreprise. Cela va prendre du temps ; et si vous avez faim… »

Le prince l'interrompit avec un geste poli.

« Mon ami et moi allons vous accompagner, dit-il ; voyez-vous, nous éprouvons déjà un vif intérêt pour la manière si plaisante dont vous occupez vos soirées. Et maintenant que les préliminaires de paix sont conclus, souffrez que je signe le traité en notre nom à tous les deux. »

Sur ce, le prince avala la tartelette avec la meilleure grâce du monde.

« Elle est délicieuse, dit-il.

— Je vois que vous êtes connaisseur », répondit le jeune homme.

À son tour le colonel Geraldine fit honneur à la pâtisserie ; après quoi, tous les consommateurs présents dans le bar ayant qui accepté, qui refusé ses pâtisseries, le jeune homme aux tartelettes à la crème entraîna ses compagnons vers un autre établissement du même genre. Les deux commissionnaires, qui semblaient s'être résignés à leur absurde occupation, lui emboîtèrent le pas ; le prince et le colonel formaient l'arrière-garde et marchaient bras dessus, bras dessous en échangeant des sourires. C'est dans cet ordre que la compagnie rendit visite à deux autres tavernes, où se déroulèrent des scènes de la même nature que celle que nous venons de décrire : les uns refusaient, les autres acceptaient les faveurs de cette hospitalité vagabonde, tandis que le jeune homme avalait chaque tartelette refusée.

En sortant du troisième établissement, le jeune homme compta ses réserves. Il n'en restait que neuf, trois sur un plat, six sur l'autre.

« Messieurs, dit-il en s'adressant à ses deux nouveaux compagnons, je ne saurais retarder davantage votre souper. Vous mourez de faim, j'en suis certain. Je vous suis donc redevable, il me semble, d'une faveur spéciale. Et en ce grand jour, alors que je me prépare à mettre un terme à toute une vie d'extravagances par la plus insigne de mes folies, je souhaite me comporter comme il convient envers tous ceux qui me viennent en aide. Messieurs, vous n'attendrez pas plus longtemps. Bien qu'anéanti par mes récents excès, je vais liquider sur-le-champ la clause suspensive. »

Sur ces mots il fourra l'une après l'autre les neuf tartelettes restantes dans sa bouche, et les avala chacune d'un coup. Puis, se tournant vers les commissionnaires, il leur donna deux souverains.

« Je vous remercie, dit-il, pour l'extraordinaire patience dont vous avez fait preuve. »

Il s'inclina une fois devant chacun d'eux, puis les congédia. Pendant quelques secondes, il contempla la bourse avec laquelle il avait payé ses assistants, puis, en riant, la lança au milieu de la rue et fit signe qu'il était prêt à aller souper.

Dans un petit restaurant français de Soho, qui avait joui d'une réputation éphémère et surfaite, et commençait déjà à sombrer dans l'oubli, nos trois compères firent un souper raffiné, arrosé de trois ou quatre bouteilles de champagne, dans un salon privé situé à l'étage, tout en devisant à propos de tout et de rien. Le jeune homme était disert et plein d'entrain, mais il riait trop fort pour quelqu'un de bien élevé ; ses mains tremblaient violemment, et sa voix prenait de soudaines et surprenantes inflexions qu'il semblait incapable de maîtriser. Une fois le dessert débarrassé, ils allumèrent chacun un cigare, et le prince s'adressa à lui en ces termes :

« Vous voudrez bien, j'en suis sûr, pardonner ma curiosité. Ce que je sais de vous me plaît beaucoup, et m'intrigue encore davantage. Et bien que je répugne à paraître indiscret, je tiens à vous dire que mon ami et moi sommes des gens à qui l'on peut confier un secret. Nous avons les nôtres, en nombre suffisant, que nous révélons constamment à ceux qui ne devraient pas les entendre. Et si, comme je le suppose, votre histoire est absurde, ne vous gênez pas avec nous, car nous comptons parmi les gens les plus fous d'Angleterre. Je m'appelle Godall, Théophile Godall ; et voici mon ami le major Alfred Hammersmith — c'est du moins ainsi qu'il choisit de se faire appeler. Nous passons notre temps en quête d'aventures extravagantes ; et il n'est pas d'extravagance pour laquelle nous ne puissions éprouver de sympathie.

— Monsieur Godall, vous me plaisez, répondit le jeune homme ; je suis porté à vous faire confiance ; et je n'ai rien contre votre ami le major, en qui je vois quelque aristocrate déguisé. En tout cas, je suis persuadé qu'il n'est pas vraiment officier. »

Cet hommage rendu à la perfection de son art fit sourire le colonel ; et le jeune homme enchaîna sur un ton plus animé.

« Tout me dit que je ne devrais pas vous conter mon histoire. Peut-être est-ce là tout simplement pourquoi je m'en vais le faire. Quoi qu'il en soit, vous semblez si désireux d'entendre un conte absurde que je n'aurai pas le cœur de vous décevoir. Malgré l'exemple que vous m'avez donné, je garderai mon nom pour moi. Mon âge n'ajouterait rien à mon récit. Je suis le rejeton légitime de mes ancêtres, dont j'ai hérité la position que j'occupe parmi mes semblables, ainsi qu'une rente de trois cents livres par an. Je suppose qu'ils m'ont également légué un humour écervelé auquel j'ai toujours eu pour principal souci de m'abandonner. J'ai reçu une bonne éducation. Je joue presque assez bien du violon pour gagner un peu d'argent avec un orchestre de beuglant.

J'en dirai autant de la flûte et du cor d'harmonie. J'ai appris le whist suffisamment pour perdre environ cent livres par an à ce jeu savant. Ma connaissance du français m'a permis de dilapider mon argent à Paris presque aussi facilement qu'à Londres. Bref, je ne manque pas de qualités viriles. J'ai connu toutes sortes d'aventures, y compris un duel à propos de trois fois rien. Il y a seulement deux mois, j'ai fait la connaissance d'une jeune femme qui me convenait parfaitement, au physique comme au moral ; j'ai compris que j'avais enfin rencontré mon destin, et fus sur le point de tomber amoureux. Mais lorsque je comptai ce qui me restait de mon capital, je découvris que ce dernier ne se montait pas même à quatre cents livres ! Dites-moi franchement si un homme qui se respecte peut tomber amoureux avec quatre cents livres ? Certainement pas : telle fut ma conclusion ; je quittai ma charmante élue puis accélérai sensiblement le rythme habituel de mes dépenses, pour me réveiller ce matin en tête de mes quatre-vingts dernières livres. Je les ai divisées en deux parts égales : j'en destine quarante à un usage particulier ; quant au reste, j'ai décidé de le dissiper dans la journée. J'ai passé une journée des plus divertissantes, jouant nombre de tours en dehors de celui des tartelettes à la crème qui m'a valu le plaisir de faire votre connaissance ; car, ainsi que je vous l'ai dit, j'étais résolu à couronner ma vie d'absurdités par une suprême folie ; et en jetant devant vous ma bourse dans la rue, j'ai liquidé mes quarante livres. À présent vous en savez à mon propos autant que moi-même : je suis un bouffon, mais je suis constant dans ma bouffonnerie ; de plus, je vous prie de me croire, je ne suis ni un pleurnichard, ni un lâche. »

Au ton de tout ce discours, il était clair que le jeune homme nourrissait, à son propre endroit, l'opinion la plus amère et la plus méprisante. Ses auditeurs furent amenés à s'imaginer que l'épisode sentimental lui tenait plus à cœur qu'il ne l'avouait, et qu'il avait l'intention d'attenter à ses jours. La farce des tartelettes à la crème ressemblait décidément de plus en plus à une tragique mascarade.

« Ma foi, interrompit Geraldine en jetant un regard au prince Florizel, n'est-il pas étrange que le hasard nous ait tous les trois réunis, dans cette immense jungle londonienne, nous qui sommes dans des situations si semblables ?

— Comment ? s'écria le jeune homme. Vous êtes ruinés vous aussi ? Ce souper serait-il une folie, comme mes tartelettes à la crème ? C'est donc le diable qui nous a réunis pour une ultime ribote !

— Le diable agit parfois très noblement, croyez-moi, répondit le prince Florizel. Pour ma part, je suis extrêmement frappé par cette coïncidence ; et bien que nos situations ne soient pas tout à fait les mêmes, je vais de ce pas supprimer cette différence. Le traitement héroïque que vous avez fait subir aux dernières tartelettes à la crème me servira d'exemple ! »

Ce disant, le prince sortit sa bourse pour en extraire une petite liasse de billets.

« Voyez-vous, j'étais en retard sur vous d'environ une semaine, mais j'ai bien l'intention de vous rattraper, et de franchir la ligne d'arrivée à égalité avec vous, poursuivit-il. Voici, dit-il en posant un billet sur la table, qui devrait suffire à régler l'addition. Quant au reste... »

Il jeta les billets dans le feu. Ils s'enflammèrent d'un coup, et partirent en fumée par le conduit de la cheminée.

Le jeune homme tenta de retenir son bras, mais comme la table se trouvait entre eux, son intervention fut vaine.

« Malheureux ! Vous n'auriez pas dû tout brûler ! Il fallait garder quarante livres !

— Quarante livres ! répéta le prince. Et pourquoi quarante, au nom du Ciel ?

— Et pourquoi pas quatre-vingts ? s'écria le colonel. Autant que je sache, il y en avait bien cent dans la liasse.

— Quarante livres auraient suffi, dit sombrement le jeune homme. Mais sans cela, on ne peut entrer. Le règlement est strict. Quarante livres par personne. Maudite soit cette vie, que l'on ne peut quitter sans argent ! »

Le prince et le colonel échangèrent un regard.

« Expliquez-vous, dit le second. Mon portefeuille est encore passablement garni. Inutile de vous dire que je suis prêt à partager ma fortune avec Godall. Mais je veux savoir à quelle fin : dites-nous donc ce que vous avez en tête. »

Le jeune homme sembla se ressaisir : son regard embarrassé alla de l'un à l'autre, et son visage s'empourpra.

« Vous ne vous moquez pas de moi ? demanda-t-il. Ainsi, vous êtes ruinés comme moi ?

— Pour ce qui me concerne, c'est la vérité, répondit le colonel.

— Quant à moi, je vous en ai donné la preuve, dit le prince. Qui d'autre qu'un homme ruiné jetterait ses billets au feu ? Voilà un geste qui en dit assez.

— Un homme ruiné, certes, répondit l'autre, soupçonneux, ou bien un millionnaire.

— Il suffit, monsieur, dit le prince. J'ai dit ce que j'ai dit, et n'ai pas l'habitude qu'on mette ma parole en doute.

— Vraiment ? dit le jeune homme. Vous êtes ruinés, comme moi ? Vous en êtes donc arrivés, après une vie de dissipation, au point où il ne vous reste à commettre qu'une ultime folie ? Êtes-vous donc... » et à mesure qu'il parlait sa voix se faisait plus confidentielle, « sur le point d'échapper aux conséquences de votre folie par la seule voie possible, celle qui est seule facile et infaillible ? Allez-vous échapper aux agents de la police des consciences par la seule porte qui demeure ouverte ? »

Il s'interrompit brusquement et fit un effort pour rire.

« À la vôtre, s'écria-t-il en vidant son verre. Je vous souhaite une excellente soirée, mes joyeux compagnons de déchéance. »

Il allait se lever, mais le colonel Geraldine le retint par le bras.

« Vous n'avez pas confiance en nous, dit-il. Vous avez tort. J'ai répondu à toutes vos questions par l'affirmative. Mais je ne suis pas un lâche, et je m'exprime en anglais aussi clairement qu'aucun sujet de Sa Majesté. Nous aussi, comme vous, en avons assez de cette vie et sommes résolus à mourir. Maintenant ou plus tard, chacun pour soi ou ensemble, notre intention était d'aller débusquer la Mort et de la braver là où elle nous attend. Puisque nous avons fait votre connaissance et que votre cas est plus urgent, que ce soit ce soir, tout de suite, et, si vous n'y voyez pas d'inconvénient, tous les trois ensemble. Un trio ruiné comme le nôtre doit s'en aller la main dans la main vers l'antre de Pluton et se soutenir au royaume des ombres ! »

Geraldine avait trouvé exactement la manière et l'intonation qui convenaient au rôle qu'il jouait. Le prince lui-même en fut impressionné et regarda son confident, l'air quelque peu incrédule. Quant au jeune homme, ses joues brillèrent de nouveau d'un sombre éclat, tandis que ses yeux étincelaient.

« Vous êtes les hommes qu'il me faut ! s'écria-t-il avec une gaieté presque effrayante. Serrons-nous la main pour conclure le marché ! » (La sienne était froide et moite.) « Ah, si vous saviez en quelle compagnie vous allez entreprendre ce voyage ! Vous n'imaginez pas combien l'instant où vous avez partagé mes tartelettes à la crème aura été béni pour vous ! Je ne suis qu'un élément, mais j'appartiens à toute une armée. Je connais la porte secrète de la Mort. Je suis de ses familiers, et puis vous guider jusqu'à l'éternité sans cérémonie et pourtant sans le moindre scandale. »

Ils le conjurèrent de s'expliquer.

« Pouvez-vous à tous les deux réunir quatre-vingts livres ? » demanda-t-il.

Geraldine regarda solennellement son portefeuille et répondit par l'affirmative.

« Heureux hommes ! s'écria le jeune homme. Quarante livres, c'est ce qu'il en coûte pour s'inscrire au Club du suicide.

— Le Club du suicide ? dit le prince. De quoi diable s'agit-il ?

— Écoutez, dit le jeune homme ; nous vivons au siècle du confort : que je vous dise donc le tout dernier perfectionnement en la matière. Nous avons à faire en toutes sortes de lieux ; c'est pourquoi on a inventé les chemins de fer. Les chemins de fer nous séparaient irrémédiablement de nos amis. C'est pourquoi on a inventé le télégraphe, afin que nous puissions communiquer rapidement sur des distances immenses. Même dans les hôtels, nous avons des ascenseurs pour nous éviter de grimper des centaines de marches. En outre, nous savons que la vie n'est qu'un théâtre où nous faisons les bouffons aussi longtemps que ce rôle nous amuse. Il manquait au confort moderne un dernier perfectionnement : une façon décente et facile de quitter la scène ; l'escalier de secours vers la liberté ; en d'autres termes, ainsi que je vous le disais il y a un instant, la porte secrète de la Mort. Ne croyez pas que vous et moi soyons les seuls à éprouver le désir ô combien raisonnable que nous professons ! Nous n'avons rien d'exceptionnel. Si tant de nos semblables, qui en ont plus qu'assez de cette représentation à laquelle ils doivent participer jour après jour, tout au long de leur vie, reculent devant la fuite, ce n'est que pour une ou deux raisons. Les uns ont une famille qui serait choquée, ou rendue responsable même, si la chose venait à se savoir ; les autres n'ont pas le cœur assez fort, et reculent devant les circonstances de la mort. Telle est, dans une certaine mesure, mon expérience.

Je serais incapable de m'appuyer un pistolet sur la tempe et de presser la détente ; il y a quelque chose de plus fort que moi qui m'en empêche ; et bien que j'aie la vie en horreur, je n'ai pas en moi le courage physique nécessaire pour affronter la mort et en finir. C'est pour des gens comme moi, et pour ceux qui sont au bout du rouleau mais qui ont peur du scandale posthume, que le Club du suicide a été fondé. Comment cela s'est fait, quelle est son histoire, ou quelles sont ses ramifications dans d'autres pays, je n'en sais personnellement rien ; quant à ce que je sais de ses membres, je ne suis pas autorisé à vous en faire part. À ces réserves près, toutefois, je suis à votre service. Si vous êtes vraiment las de vivre, je vous invite à une séance qui a lieu ce soir ; et sinon ce soir, un autre soir de la semaine à coup sûr, vous serez soulagés de l'existence sans effort. Il est à présent » (il consulta sa montre) « 11 heures ; à la demie au plus tard, il faut que nous partions d'ici ; vous avez donc une demi-heure pour réfléchir à ma proposition. Il s'agit d'affaires plus graves que des tartelettes à la crème, ajouta-t-il avec un sourire, et autrement délectables, il me semble.

— Plus graves, je n'en doute pas, répondit le colonel Geraldine ; c'est pourquoi je vous prierai de me laisser m'entretenir cinq minutes en privé avec mon ami M. Godall.

— C'est bien naturel, répondit le jeune homme. Avec votre permission, je vais me retirer.

— Vous êtes bien aimable, dit le colonel.

— À quoi bon tout ce discours, Geraldine ? demanda le prince Florizel sitôt qu'ils furent seuls. Je vois bien que vous êtes troublé. Pour ma part, je n'ai pas la moindre hésitation. J'irai jusqu'au bout de cette affaire.

— Votre Altesse, dit le colonel en pâlissant, songez, je vous en supplie, au prix de votre vie, non seulement pour vos amis, mais pour l'intérêt de tous. Vous avez entendu cet insensé : "Sinon ce soir…" ; mais supposez que ce soir quelque irréparable malheur frappe la personne de Votre Altesse, quel ne serait pas mon désespoir, permettez-moi de vous le demander ? et quels ne seraient pas l'inquiétude et le malheur d'une grande nation ?

— J'irai jusqu'au bout de cette affaire, répéta le prince avec la plus calme résolution. Ayez donc l'amabilité, colonel Geraldine, de vous rappeler votre parole d'honneur en tant que gentilhomme, et de vous y tenir. En aucune circonstance, souvenez-vous, ni sans ma permission expresse, vous ne devrez trahir l'incognito sous lequel je me dissimule en dehors de notre pays. Tels étaient mes ordres, faut-il vous le rappeler ? Et maintenant, ajouta-t-il, veuillez demander l'addition. »

Le colonel s'inclina en signe de soumission ; mais c'est le visage blême qu'il fit rentrer le jeune homme aux tartelettes à la crème, et donna ses instructions au serveur. Le prince conserva son air imperturbable, tandis qu'il faisait au jeune candidat au suicide le récit plein d'humour et d'entrain d'une farce qu'il avait vue au Palais-Royal. Il se choisit un autre cigare avec un soin tout particulier, tout en évitant discrètement les regards suppliants du colonel. En réalité, il était le seul des trois à demeurer maître de ses nerfs.

On régla l'addition ; le prince laissa toute la monnaie au serveur ébahi ; puis ils prirent un fiacre. Après une course brève, la voiture fit halte à l'entrée d'un passage assez obscur. Ils descendirent tous les trois.

Après que Geraldine eut payé la course, le jeune homme se retourna.

« Monsieur Godall, dit-il au prince Florizel, il est encore temps de vous réfugier dans le monde des esclaves. Vous aussi, major Hammersmith, réfléchissez bien avant de faire un pas de plus ; si le cœur vous manque, c'est ici la croisée des chemins.

— Montrez-nous le chemin, dit le prince. Je ne suis pas homme à revenir sur une parole donnée.

— J'admire votre sang-froid, répondit leur guide. Je n'ai jamais vu personne montrer si peu d'émotion en un tel moment. Et pourtant vous n'êtes pas le premier que j'escorte jusqu'à cette porte. Plus d'un de mes amis m'a précédé au royaume où il me faudra partir bientôt ; mais cela ne vous concerne pas. Attendez-moi ici quelques instants ; je serai de retour sitôt réglés les préliminaires de votre présentation. »

Sur ce, le jeune homme fit un signe de la main à ses compagnons, s'enfonça dans le passage, puis disparut sous un porche.

« De toutes nos extravagances, dit à voix basse le colonel Geraldine, voici bien la plus folle, et la plus dangereuse !

— Je suis tout à fait de votre avis, répondit le prince.

— Il est encore temps, poursuivit le colonel. Je supplie Votre Altesse de saisir cette chance et de renoncer. Les conséquences sont si mystérieuses, si terribles peut-être, que je me sens autorisé à abuser plus que d'habitude de la liberté que Votre Altesse a la bonté de m'accorder en privé.

— Dois-je comprendre que le colonel Geraldine a peur ? » s'enquit le prince, ôtant son petit cigare d'entre ses lèvres et regardant son compagnon dans les yeux avec insistance.

« Ce n'est certainement pas pour moi que je tremble, répondit Geraldine avec fierté. Votre Altesse peut en être persuadée !

— Je n'en doutais pas, répliqua le prince avec une imperturbable bonne humeur ; mais je répugnais à vous rappeler la différence de rang qui nous sépare. N'en parlons plus, ajouta-t-il voyant que Geraldine allait se confondre en excuses, vous êtes tout excusé. »

Il se remit à tirer calmement sur son cigare et alla s'adosser à la balustrade jusqu'au retour du jeune homme.

« Eh bien, demanda-t-il, tout est-il prêt pour notre réception ?

— Suivez-moi, le président va vous recevoir dans son bureau. Toutefois il faut que je vous prévienne : répondez avec une totale franchise à ses questions. Je me suis porté garant de vous ; mais le club exige une enquête précise avant d'admettre de nouveaux membres ; qu'un seul d'entre eux, en effet, se montre indiscret, et toute notre société devrait être immédiatement dissoute. »

Le prince et Geraldine se concertèrent brièvement ; « Dites bien que je suis… », dit l'un, tandis que l'autre ajoutait : « … et vous dites surtout qu'en ce qui me concerne… » Chacun choisit avec soin l'identité d'une personne qu'ils connaissaient tous les deux, puis, s'étant mis d'accord en un clin d'œil, se déclarèrent prêts à suivre leur guide dans le bureau du président.

Il n'y avait pas d'obstacles formidables à franchir. La porte d'entrée était ouverte, celle du bureau entrebâillée. Sitôt qu'ils furent entrés dans une pièce petite mais haute de plafond, le jeune homme les laissa seuls de nouveau.

« Il ne tardera pas », dit-il avec un signe de la tête, puis il s'éclipsa.

Des voix leur parvinrent à travers la porte en accordéon qui fermait la pièce à une de ses extrémités ; de temps en temps, le bruit d'un bouchon de champagne, suivi d'un éclat de rire, ponctuait le brouhaha des conversations. Une unique fenêtre, très haute, donnait sur le fleuve et les quais ; d'après la disposition des lumières, ils estimèrent qu'ils n'étaient pas loin de Charing Cross. Le mobilier était réduit à sa plus simple expression, et les tapisseries étaient usées jusqu'à la trame ; pas le moindre objet, à l'exception d'une sonnette posée au milieu d'un guéridon, et des chapeaux et manteaux d'une nombreuse compagnie, qui étaient suspendus à des portemanteaux sur les murs.

« Dans quel antre sommes-nous tombés ? demanda Geraldine.

— C'est pour le savoir que je suis ici, répondit le prince. Supposez que ces lieux soient hantés par des diables sortis de l'enfer : cela pourrait devenir amusant ! »

À ce moment la porte en accordéon s'ouvrit, juste assez pour permettre à une personne de passer ; alors, accompagné par le brouhaha soudain accru des conversations, le redoutable président du Club du suicide fit son entrée dans la pièce. C'était un homme imposant, d'une cinquantaine d'années, peut-être davantage ; il avait une démarche hésitante, des favoris hirsutes, le haut du crâne dégarni, le regard gris et voilé où brillaient par moments de brèves lueurs. Entre ses lèvres il serrait un gros cigare qu'il faisait passer continuellement d'une commissure à l'autre, tout en observant ses visiteurs d'un œil froid et sagace. Il était vêtu de tweed clair ; le col de sa chemise rayée était largement ouvert ; il portait un registre sous le bras.

« Bonsoir, dit-il après avoir refermé la porte derrière lui. On me dit que vous souhaitez me parler.

— Nous désirons devenir membres du Club du suicide, monsieur », répondit le colonel.

Le président fit rouler son cigare entre ses lèvres.

« Je ne vois pas de quoi vous parlez, dit-il avec brusquerie.

— Pardonnez-moi, répliqua le colonel, mais nul n'est plus qualifié que vous, il me semble, pour nous renseigner !

— Moi ? s'écria le président. Le Club du suicide ? Allons donc ! C'est un poisson d'avril. Admettons que vous avez bu un verre de trop, et restons-en là !

— Vous pouvez appeler votre club comme bon vous semble, dit le colonel ; il y a du monde derrière ces portes, et nous souhaitons vivement nous joindre à tous ces gens.

— Monsieur, répliqua sèchement le président, vous faites erreur. Vous êtes dans une maison particulière, et vous allez sortir sur-le-champ. »

Pendant cet échange, le prince était demeuré silencieux dans son fauteuil. Mais lorsque le colonel le regarda, comme pour dire : « Tenez-vous-le pour dit et allons-nous-en d'ici, pour l'amour du Ciel ! », il ôta son cigare de sa bouche.

« Je viens ici, dit-il, sur l'invitation d'un de vos amis. Il vous a certainement fait part de la raison de notre intrusion. Permettez-moi de vous rappeler qu'un homme dans ma situation est capable de tout, ou presque ; et n'est guère d'humeur à supporter trop d'impolitesse. Je suis d'habitude fort calme ; mais, cher monsieur, de deux choses l'une : ou bien vous me faites la grâce d'accéder à la requête que vous savez, ou bien vous vous repentirez amèrement de m'avoir reçu dans votre antichambre. »

Le président éclata de rire.

« Voilà qui est parler ! dit-il. Vous êtes vraiment un homme. Vous avez trouvé le chemin de mon cœur, usez-en donc avec moi comme vous l'entendez. Voudriez-vous, poursuivit-il en s'adressant à Geraldine, vous éloigner quelques instants ? J'en terminerai tout d'abord avec votre compagnon car certaines formalités de notre société exigent le secret. »

Sur ces mots il ouvrit la porte d'un réduit, où il enferma le colonel.

« Vous m'inspirez confiance, dit-il à Florizel ; mais êtes-vous sûr de votre ami ?

— Pas autant que de moi-même, bien qu'il ait des motifs plus pressants que les miens, répondit Florizel. Mais je le suis assez pour l'amener ici sans inquiétude. Il en a suffisamment enduré pour ôter le goût de vivre aux plus tenaces. Il a été cassé il y a quelques jours pour avoir triché aux cartes.

— C'est une bonne raison ; il faut l'admettre, répondit le président. Le fait est que nous avons un membre dans ce cas, et je suis sûr de lui. Vous étiez dans l'armée vous aussi, si je puis me permettre ?

— En effet, répondit le prince ; mais j'étais trop paresseux ; j'en suis vite parti.

— Pour quelle raison êtes-vous si las de vivre ? poursuivit le président.

— Mais précisément celle-ci, pour autant que je sache : je suis la paresse incarnée ! »

Le président sursauta.

« Par le diable, dit-il, il vous faut une meilleure raison.

— Je suis ruiné, ajouta Florizel, c'est aussi un gros souci, sans nul doute. Et cela porte mon goût de l'oisiveté à un point critique. »

Le président fit rouler son cigare entre ses lèvres pendant quelques secondes, tout en regardant ce néophyte peu commun droit dans les yeux ; mais le prince soutint son examen avec une inaltérable bonne humeur.

« Si je n'avais pas tant d'expérience, dit enfin le président, je vous renverrais. Mais je connais le monde ; assez en tout cas, pour savoir que lorsqu'on veut se suicider, les excuses les plus frivoles sont souvent les plus difficiles à tenir. Et lorsqu'un homme me plaît au premier coup d'œil, comme c'est votre cas, monsieur, je préfère commettre une légère entorse au règlement que de l'éconduire. »

Le prince et le colonel furent soumis tour à tour à un interrogatoire long et minutieux. Celui du prince eut lieu en tête à tête ; Geraldine, en revanche, fut interrogé en présence du prince ; le président pouvait ainsi observer le visage de l'un tandis qu'il soumettait l'autre à un feu nourri de questions. Le résultat lui donna satisfaction ; alors le président, après avoir inscrit dans son registre quelques détails concernant les deux candidats, leur présenta une formule de serment. On ne saurait rien imaginer de plus passif que l'obéissance à laquelle il leur fallait s'engager ; ni rien de plus rigoureux que les termes par lesquels l'impétrant se liait. Quiconque venait à manquer à un si terrible engagement n'aurait plus, assurément, le moindre lambeau d'honneur, ni rien du réconfort de la religion. Florizel signa le document, non sans frémir ; le colonel suivit son exemple, l'air profondément abattu. Sur ce, le président perçut les droits d'entrée puis, sans plus de cérémonie, introduisit nos deux amis dans le fumoir du Club du suicide.

C'était une pièce aussi haute de plafond que le cabinet attenant, mais bien plus vaste, et tapissée du plancher au plafond d'un papier imitant des lambris de chêne. Une flambée généreuse et réjouissante, ainsi que plusieurs lampes à gaz éclairaient l'assemblée. Le prince et son compagnon portèrent le nombre des membres présents à dix-huit. La plupart fumaient et buvaient du champagne ; une fiévreuse hilarité régnait, entrecoupée de brusques et terrifiants silences.

« S'agit-il d'une réunion plénière ? s'enquit le prince.

— Non, nous sommes loin d'être au complet, dit le président. À propos, ajouta-t-il, si vous avez de l'argent, il est d'usage d'offrir le champagne. Cela maintient l'ambiance, et c'est un de mes petits bénéfices.

— Hammersmith, dit Florizel, je vous laisse vous charger de cela. »

Il tourna les talons et entreprit de faire le tour de l'assistance. Habitué à recevoir la meilleure société, il fit la conquête de tous ceux à qui il adressa la parole ; il y avait dans ses manières quelque chose qui charmait et en imposait à la fois ; et son calme souverain le distinguait d'autant plus au milieu de cette assemblée de demi-fous. Tout en allant de l'un à l'autre, il gardait les yeux et les oreilles ouverts, et ne tarda pas à se faire une idée générale des gens parmi lesquels il se trouvait. Comme dans tous les lieux de distraction, il y avait une forte proportion de jeunes gens donnant en apparence tous les signes de l'intelligence et de la sensibilité, sans toutefois donner les signes de l'énergie et des vertus qui font la réussite. Peu d'entre eux avaient dépassé la trentaine, et beaucoup n'avaient pas vingt ans. Ils se tenaient là, appuyés aux tables, se balançant d'un pied sur l'autre ; tantôt ils tiraient nerveusement sur leurs cigares, tantôt les laissaient s'éteindre ; certains s'exprimaient bien, mais d'autres, par leurs propos sans esprit ni signification, trahissaient une extrême nervosité. Lorsqu'on débouchait une nouvelle bouteille de champagne, l'hilarité augmentait de façon spectaculaire. Seuls deux membres étaient assis : l'un était sur une chaise dans l'embrasure de la fenêtre, la tête pendante et les mains enfoncées dans les poches de son pantalon, pâle, transpirant abondamment, ne disant pas le moindre mot, délabré d'âme autant que de corps ; l'autre était assis sur le divan près de la cheminée et attirait l'attention tant il était différent de tous les autres. Il devait avoir un peu plus de quarante ans, mais en faisait bien dix de plus ; Florizel songea qu'il n'avait jamais vu un homme d'une telle laideur physique, ni ravagé à ce point par la maladie et les passions les plus destructrices. Il n'avait guère que la peau sur les os, était en partie paralysé, et portait des lunettes si puissantes que ses yeux paraissaient, vus à travers les verres, monstrueusement déformés. À l'exception du prince et du président, il était le seul membre de l'assemblée à faire preuve d'autant de sang-froid que s'il menait encore une existence ordinaire.

Les membres du club ne faisaient guère preuve de bienséance. Les uns se vantaient des turpitudes qui les avaient réduits à chercher refuge dans la mort, et les autres les écoutaient sans se formaliser. On s'accordait tacitement pour faire fi de tout jugement moral ; d'ailleurs, quiconque franchissait les portes du club bénéficiait déjà de certaines des immunités du tombeau. Ils levaient leurs verres à la mémoire les uns des autres, ou à celle des membres illustres qui les avaient précédés dans la mort. Ils comparaient et développaient leurs conceptions respectives de la mort, les uns affirmant que celle-ci n'est rien que ténèbres et interruption de tout, tandis que les autres étaient pleins de l'espoir que le soir même ils escaladeraient la voûte céleste et s'entretiendraient avec les morts tout-puissants.

« À la mémoire impérissable du baron de Trenck, l'archétype des suicidés ! s'écriait l'un. Lui qui sortit d'une cellule minuscule pour entrer en une plus minuscule encore, afin de retrouver la liberté !

— Pour ma part, disait l'autre, je ne désire rien qu'un bandeau pour mes yeux et du coton pour mes oreilles. L'ennui, c'est qu'il n'y a pas de coton assez épais sur cette terre. »

Un troisième se proposait de déchiffrer le mystère de l'existence dans l'au-delà ; un quatrième déclarait qu'il ne serait jamais devenu membre du club s'il n'avait été persuadé de croire ce que dit M. Darwin.

« Je ne puis supporter, affirmait cet éminent candidat au suicide, l'idée que je descends d'un singe. »

D'une façon générale, le prince fut déçu par le comportement et les propos des membres.

« À mon avis, il n'y a pas de quoi faire tant d'histoires. Si un homme a décidé de se tuer, il n'a qu'à s'exécuter en gentilhomme, parbleu ! À quoi bon tant d'agitation et de grandiloquence ? »

Cependant, le colonel Geraldine était en proie aux plus sombres appréhensions ; le club et ses règles demeuraient pour lui un mystère ; il regardait autour de lui, en quête de quelqu'un qui pût le tranquilliser. Au cours de son observation, ses yeux se posèrent sur l'invalide aux grosses lunettes ; il fut frappé par son calme extraordinaire, et pria le président, qui allait et venait de son bureau au salon, vaquant à ses nombreuses obligations, de le présenter au gentilhomme assis sur le divan.

Le fonctionnaire lui expliqua qu'il n'avait pas besoin de s'embarrasser de telles formalités au club ; néanmoins, il présenta M. Hammersmith à M. Malthus.

Ce dernier observa le colonel avec curiosité, puis l'invita à prendre place à sa droite.

« Vous êtes nouveau ici, dit-il, et vous souhaitez qu'on vous renseigne. Vous êtes bien tombé. Voici deux ans que je fais partie de cette charmante confrérie. »

Le colonel respira. Si M. Malthus fréquentait cet endroit depuis deux ans, le prince ne pouvait courir un si grand danger en une seule soirée. Cependant Geraldine n'en fut pas moins fort surpris, au point de soupçonner quelque supercherie.

« Comment ! s'écria-t-il. Deux ans ? Je croyais… mais je vois qu'on se paye ma tête, sans aucun doute !

— En aucune façon, répondit M. Malthus d'une voix douce. Je suis un cas particulier. Je ne suis pas, à proprement parler, candidat au suicide. Je suis, en quelque sorte, membre honoraire. Je ne viens au club qu'une fois par mois tout au plus. Mon infirmité et la bonté de notre président m'ont valu ces petites immunités, que d'ailleurs je paye d'avance. Il reste néanmoins que j'ai eu une chance exceptionnelle.

— Je crains de devoir vous demander d'être plus explicite, n'oubliez pas que je suis encore mal renseigné sur le règlement du club.

— Un membre ordinaire, qui vient ici pour trouver la mort, comme vous, répondit le paralytique, revient tous les soirs, jusqu'à ce que la chance lui sourie. Il peut même, s'il est sans le sou, obtenir du président le gîte et le coucher : l'endroit est convenable, et propre que je sache, même s'il n'est pas luxueux ; comment en serait-il autrement, étant donné la modicité (si je puis m'exprimer ainsi) de la souscription ? Il est vrai que la compagnie du président est à elle seule un régal.

— Vraiment ! s'exclama Geraldine, il ne m'a pas fait grande impression.

— Ah ! dit M. Malthus, mais vous le connaissez mal : on ne fait pas plus drôle ! C'est une mine d'anecdotes ! Et quel cynisme ! Sa connaissance de la vie est admirable et, de vous à moi, je ne pense pas qu'il y ait, dans toute la Chrétienté, d'être aussi corrompu que lui.

— N'est-il pas également, tout comme vous, un membre permanent, si je puis ainsi dire sans vous offenser ?

— Il est permanent, en effet, mais dans un sens différent du mien, répondit M. Malthus.

J'ai eu la faveur d'être épargné, mais il me faudra partir enfin. Lui ne joue jamais. Il se contente de battre les cartes et de les distribuer, et de prendre les dispositions nécessaires. Cet homme, monsieur Hammersmith, est l'ingéniosité même. Voici trois ans qu'il exerce à Londres son altruiste et, je pense pouvoir l'ajouter, artistique activité, le tout sans susciter ne fût-ce que l'ombre d'un soupçon. À mon sens, cela tient du génie. Vous n'avez sûrement pas oublié la fameuse histoire, survenue il y a six mois, de cet homme qui s'est empoisonné accidentellement dans une pharmacie. Ce fut là une de ses idées les moins élaborées, les plus modestes ; mais quelle simplicité ! Et avec un minimum de risques !

— Je n'en reviens pas ! dit le colonel. Ce malheureux était donc... »

Il faillit ajouter : « l'une de vos victimes », mais se reprit juste à temps : « l'un des membres de votre club ? »

En même temps, il lui sembla que M. Malthus n'avait pas parlé en homme épris de la mort ; et il s'empressa de poursuivre :

« Mais je n'y vois pas plus clair qu'auparavant. Vous me parliez de battre les cartes et de les distribuer : à quelle fin, je vous prie ? Étant donné que vous me paraissez fort peu désireux de mourir, je dois avouer que je ne comprends absolument pas ce qui vous amène ici.

— Vous avez tout lieu de dire que vous êtes dans les ténèbres, répondit M. Malthus avec une vivacité croissante. Sachez, mon cher, que ce club est le temple de l'ivresse. Si ma santé affaiblie pouvait en supporter plus fréquemment l'excitation, j'y serais plus souvent, vous pouvez me croire. Il faut le sens du devoir engendré par une longue habitude de la maladie et d'un régime parcimonieux, pour me garder de tout excès dans ce que je puis considérer comme mon ultime folie. J'ai goûté à toutes les passions, monsieur, poursuivit-il posant la main sur le bras de Geraldine, toutes sans exception, et je vous assure, sur mon honneur, qu'il n'y en a aucune que l'on n'ait grossièrement et fallacieusement exagérée. Les gens jouent au jeu de l'amour. Pour ma part, je doute que l'amour soit une passion forte. Seule la peur est une passion forte ; c'est au jeu de la peur qu'il faut jouer si l'on veut goûter les joies les plus intenses de l'existence. Enviez-moi, enviez-moi, monsieur, ajouta-t-il en pouffant de rire, car je suis un lâche ! »

Geraldine eut du mal à réprimer un geste de dégoût pour ce misérable ; mais il fit un effort pour se dominer, et poursuivit son enquête.

« Par quels habiles procédés prolonge-t-on toute cette excitation ? Et où réside l'élément d'incertitude ?

— Je vais vous expliquer comment, chaque soir, on désigne non seulement une victime, mais aussi un autre membre, qui sera l'instrument du club, et, dans cette occasion, le grand prêtre de la Mort.

— Grand Dieu ! s'écria alors le colonel. Vous voulez dire qu'ils s'entre-tuent ?

— C'est ainsi que l'on s'épargne les embarras du suicide, répondit Malthus en hochant la tête.

— Miséricorde ! s'exclama le colonel, ainsi donc vous-même, moi, le…, je veux dire mon ami, n'importe lequel d'entre nous pouvons être tirés au sort ce soir pour immoler le corps et l'âme immortelle d'un de nos semblables ? De telles choses se peuvent-elles concevoir parmi des hommes nés de femme ? Oh ! infamie des infamies ! »

Il était sur le point de se lever, horrifié, lorsque son regard croisa celui du prince, qui le regardait, l'air courroucé et le sourcil froncé, à travers la pièce. Instantanément, Geraldine reprit contenance.

« Mais après tout, pourquoi pas ? poursuivit-il, et puisque vous me dites que c'est un jeu fort intéressant, *vogue la galère !** Je suis votre homme ! »

M. Malthus s'était fort diverti de l'effarement horrifié du colonel. Il avait la vanité des pervers

---

* Les mots ou expressions en italique suivis d'un astérisque sont en français dans le texte original.

et il trouvait plaisant de voir quelqu'un céder à une généreuse indignation, alors que lui-même se sentait, dans l'absolu de sa propre corruption, à l'abri de telles émotions.

« Maintenant que le premier moment de surprise est passé, dit-il, vous êtes en mesure de goûter les plaisirs de notre société. Vous pouvez constater que nous mêlons l'excitation de la table de jeu à celles du duel et d'un amphithéâtre romain. On faisait assez bien les choses en ces temps païens ; j'ai la plus vive admiration pour le raffinement de ces gens-là ; mais il fallait que cette extrémité, cette quintessence, cet absolu de l'intensité échût à un pays chrétien. Vous concevrez dès lors combien insipides sont tous les amusements ordinaires, pour qui a contracté le goût de celui-ci. Le jeu auquel nous nous livrons, poursuivit-il, est d'une extrême simplicité. Il n'y faut qu'un jeu complet de… mais vous allez pouvoir vous rendre compte par vous-même. Si vous voulez bien m'offrir le soutien de votre bras… J'ai la mauvaise fortune d'être paralysé. »

En effet, alors même que M. Malthus allait se lancer dans son récit, on ouvrit brusquement deux autres portes en accordéon et l'assistance au grand complet passa, non sans quelque précipitation, dans la pièce voisine. Celle-ci était semblable à celle que l'on venait de quitter, mais meublée de façon assez différente. Le centre de la pièce était occupé par une longue table recouverte d'un tapis vert, où siégeait déjà le président, occupé à battre un paquet de cartes avec un soin extrême. Malgré le support de sa canne et l'aide du colonel, M. Malthus marchait avec tant de difficulté que tout le monde fut assis avant que lui-même et son soutien, ainsi que le prince, qui les attendait, fussent entrés dans la pièce. Ils prirent tous trois ensemble place au bout de la table.

« Il y a cinquante-deux cartes, chuchota M. Malthus. Guettez l'as de pique : c'est le signe de la Mort ; et c'est l'as de trèfle qui désigne celui de nous qui est chargé d'officier ce soir. Oh, bienheureux jeunes gens ! Vous avez d'assez bons yeux pour suivre la partie. Je ne puis hélas distinguer un as d'un deux à travers la table ! »

Il entreprit de chausser une seconde paire de lunettes.

« Il faut tout de même que j'observe leurs visages », expliqua-t-il.

Dans un bref aparté, le colonel mit son ami au courant de ce qu'il avait appris du membre honoraire et de la terrifiante alternative qui risquait de s'imposer à eux. Le prince sentit son cœur se serrer, étreint par un frisson mortel ; il avala, non sans difficulté, une gorgée de champagne, et regarda en tous sens, comme un homme prisonnier d'un labyrinthe.

« Il suffit d'un coup d'audace, et nous pouvons encore nous échapper. »

Mais à cette suggestion, le prince retrouva toute sa détermination.

« Silence, ordonna-t-il. Montrez-moi que vous savez jouer en gentilhomme, quel que soit l'enjeu, si grave soit-il ! »

Et il regarda autour de lui, de nouveau maître de lui-même, selon toute apparence, bien que son cœur battît lourdement, oppressant désagréablement sa poitrine. Les membres du club étaient tous très silencieux et concentrés ; chacun était pâle, mais aucun ne l'était autant que M. Malthus. Les yeux exorbités, dodelinant convulsivement de la tête, il porta l'une après l'autre ses mains à sa bouche et pinça ses lèvres tremblantes et grises comme la cendre. Décidément, le membre honoraire avait une curieuse façon de se divertir de sa participation.

« Messieurs, un peu d'attention… », dit le président.

Il commença à distribuer les cartes autour de la table, dans le sens inverse des aiguilles d'une montre, attendant, pour continuer, que chacun ait retourné sa carte. Presque tous hésitaient ; certains joueurs durent même s'y reprendre à plusieurs fois pour retourner, avec leurs doigts maladroits, le fatal rectangle de carton. À mesure que son tour approchait, le prince se sentit envahi par une excitation croissante, presque suffocante ; mais il y avait du joueur en lui, et il se rendit compte, avec une surprise proche de l'effarement, qu'il éprouvait une sorte de plaisir. Il tira le neuf de trèfle ; Geraldine eut le trois de pique ; et M. Malthus retourna la reine de cœur, sans pouvoir réprimer un sanglot de soulagement. Le jeune homme aux tartes à la crème tira, presque sitôt après eux, l'as de trèfle et demeura glacé d'horreur, tenant la carte entre ses doigts ; il n'était pas venu pour tuer, mais pour être tué. Le prince, pris d'une généreuse compassion pour son sort, en oublia presque le danger qui demeurait suspendu au-dessus de lui et de son ami.

La deuxième donne était en cours. La carte mortelle n'était pas encore sortie. Les joueurs retenaient leur respiration, qu'ils ne libéraient que par à-coups convulsifs. Le prince tira encore un trèfle, Geraldine un carreau ; mais lorsque M. Malthus retourna sa carte, un bruit épouvantable, comme le son d'un objet qui se brise, sortit de sa bouche ; il se dressa, se rassit, comme s'il avait retrouvé l'usage de ses membres. C'était l'as de pique. Au jeu de la peur, le membre honoraire avait tenté sa chance une fois de trop.

Les conversations reprirent instantanément. Les joueurs se détendirent et, les uns après les autres, se levèrent pour passer, par groupes de deux ou trois, dans le fumoir. Le président s'étira et bâilla, comme un homme qui vient d'achever sa journée de travail. Seul M. Malthus restait sur son fauteuil, effondré sur la table, la tête entre les mains, immobile et prostré, comme un homme ivre.

Le prince et Geraldine s'éclipsèrent sans plus attendre. L'air froid de la cour ne fit qu'aviver l'horreur de ce qu'ils venaient de voir.

« Hélas ! Et dire que je me suis engagé sous serment à ne rien dévoiler de tout cela ! Laisser ce trafic meurtrier continuer, faire du profit en toute impunité ! Si seulement j'osais renier ma promesse !

— Une telle chose est inconcevable pour Votre Altesse, répondit le colonel, car de votre honneur dépend l'honneur de la Bohême. Mais, moi, j'aurais l'audace, et d'excellentes raisons, de sacrifier le mien.

— Geraldine, si votre honneur devait souffrir, en toute aventure où je vous aurais entraîné, je ne vous le pardonnerais jamais ; je dirais même plus, et cela vous touchera davantage : je ne me le pardonnerais jamais à moi-même.

— Je suis aux ordres de Votre Altesse, répondit le colonel. Allons-nous attendre encore longtemps dans cet endroit maudit ?

— Non, dit le prince. Appelez-moi un fiacre, pour l'amour du Ciel ; puisse le sommeil m'apporter l'oubli de cette atroce soirée. »

On observera toutefois qu'avant de quitter la cour le prince nota soigneusement l'adresse.

Le lendemain matin, sitôt qu'il entendit que le prince était réveillé, Geraldine lui apporta un journal, sur lequel il avait entouré un paragraphe qui disait :

« ACCIDENT NAVRANT. Ce matin vers 2 heures, alors qu'il regagnait son domicile au 16, Chepstox Place, Westbourne Grove, après avoir passé la soirée chez un ami, M. Bartholomew Malthus est passé par-dessus le parapet qui surplombe Trafalgar Square, se fracturant le crâne, et se brisant en plus une jambe et un bras. La mort a été instantanée. Lors de l'accident, M. Malthus, accompagné d'un de ses amis, cherchait un taxi. M. Malthus était paralysé ; on pense que sa chute a été provoquée par une nouvelle attaque. Le malheureux jouissait d'une excellente réputation dans la bonne société, et sa perte ne manquera pas d'affliger bien des gens. »

« Si jamais une âme s'en est allée tout droit en enfer, c'est bien celle de ce paralytique », dit solennellement Geraldine.

Le prince enfouit son visage entre ses mains.

« Je me réjouis presque, reprit le colonel, de le savoir mort. Mais j'avoue que j'ai beaucoup de peine pour notre jeune homme aux tartes à la crème.

— Geraldine, dit le prince en relevant la tête, hier soir ce malheureux garçon était encore aussi innocent que vous et moi ; ce matin, il a l'âme souillée par le sang du crime. Quand je repense au président, mon cœur se soulève. Je ne sais comment cela se fera, mais il faut que ce scélérat soit à ma merci, aussi vrai qu'il y a un Dieu dans le ciel. Quelle expérience, quelle leçon que cette partie de cartes !

— Oui, une partie à ne jamais renouveler », dit le colonel.

Comme le prince ne répondait rien, Geraldine reprit, alarmé :

« Vous n'allez tout de même pas retourner là-bas ! Vous avez déjà trop souffert de toutes ces horreurs. Les devoirs de votre haute position vous interdisent de prendre de nouveau un tel risque.

— Vous n'avez pas tort, répondit le prince. Pour ma part, je ne sais trop que décider. Hélas ! qu'y a-t-il, sous l'habit du plus puissant des princes, si ce n'est un simple mortel ? Je n'ai jamais senti autant qu'aujourd'hui à quel point je suis faible, Geraldine, mais c'est plus fort que moi : puis-je cesser de m'intéresser au sort de ce malheureux jeune homme qui soupait avec nous il y a seulement quelques heures ? Et laisserai-je le président poursuivre impunément ses sinistres agissements ? Ah ! entrer dans une aventure si passionnante et n'en pas voir la fin ! Non, Geraldine, vous exigez du prince plus que l'homme n'en peut accomplir. Ce soir, de nouveau, nous nous assiérons à la table du Club du suicide. »

Le colonel Geraldine tomba à genoux.

« Que Votre Altesse dispose de ma vie ! s'écria-t-il. Elle lui appartient, je la lui donne ; mais ne me demandez pas, de grâce, d'affronter un tel péril.

— Colonel Geraldine, répondit le prince avec quelque hauteur, votre vie vous appartient absolument. Je ne cherchais que votre obéissance ; si celle-ci est concédée de mauvaise grâce, je ne la requiers plus. Je n'ajouterai qu'un mot : vous m'avez déjà assez importuné dans cette affaire. »

Le maître des chevaux se releva instantanément.

« Si Votre Altesse le permet, dit-il, je souhaite disposer de mon après-midi. En tant qu'homme d'honneur, je ne saurais m'aventurer de nouveau dans cette maison avant d'avoir mis mes affaires en ordre. Votre Altesse n'aura pas, je m'y engage, à subir d'autre opposition de la part de son très dévoué et reconnaissant serviteur.

— Mon cher Geraldine, répondit le prince, c'est toujours à regret que je me vois contraint de me souvenir de mon rang. Disposez de votre journée comme vous l'entendez, mais soyez de retour avant 11 heures dans le même déguisement. »

Ce soir-là, ils ne trouvèrent pas, au Club du suicide, la foule de la veille. À leur arrivée, il n'y avait guère qu'une demi-douzaine de personnes dans le fumoir. Son Altesse prit le président à part et le félicita vivement du décès de M. Malthus.

« J'apprécie la compétence, dit-il, et vous n'en manquez certes pas. Vous exercez une profession des plus délicates, mais je constate que vous êtes hautement qualifié pour y réussir dans la discrétion. »

Le président ne fut pas peu flatté par un tel compliment de la part d'un homme comme Son Altesse, dont la stature indiquait une grande distinction. Il le reçut presque avec une certaine humilité.

« Pauvre Malthus, ajouta-t-il, il va nous manquer. La plupart de mes clients sont des gamins, monsieur, qui ont des âmes de poètes, et constituent pour moi une piètre compagnie. Non pas que Malthus ait été dépourvu de poésie, lui non plus ; mais la sienne, je la comprenais.

— Je conçois aisément que vous ayez éprouvé de la sympathie pour lui, répondit le prince. Il me faisait l'impression d'un être fort original. »

Le jeune homme aux tartes à la crème était présent, mais son air déprimé et son mutisme faisaient peine à voir. Ses compagnons de la veille essayèrent en vain de l'entraîner dans la conversation.

« Ah ! je regrette amèrement de vous avoir amenés dans cette infâme demeure ! s'écria-t-il.

Allez-vous-en, pendant que vos mains sont encore pures. Si vous aviez entendu le cri de ce vieillard lorsqu'il est tombé, et le bruit de ses os sur le pavé ! Si vous éprouvez la moindre charité pour un être tombé aussi bas, souhaitez-moi de tirer l'as de pique ce soir ! »

D'autres membres, en petit nombre, arrivèrent plus tard dans la soirée, mais ils ne furent pas plus de la douzaine fatidique à prendre place autour de la table. Une fois encore, le prince se rendit compte qu'une certaine exaltation se mêlait à ses alarmes ; mais il eut l'immense surprise de constater que Geraldine était bien plus maître de lui-même que la veille.

« C'est extraordinaire comme le fait d'avoir écrit, ou de n'avoir pas écrit, son testament peut changer le courage d'un jeune homme.

— Messieurs, s'il vous plaît ! » déclara le président, avant de commencer à distribuer les cartes.

Trois fois les cartes firent le tour de la table, sans que la main du président laisse échapper aucune des deux cartes fatidiques. La tension était à son comble lorsqu'il entama le quatrième tour. Il restait juste assez de cartes pour servir une fois chacun des membres. Assis deux places à gauche du donneur, le prince devait recevoir, selon l'habitude du club de distribuer dans le sens inverse des aiguilles d'une montre, l'avant-dernière carte. Le troisième joueur tira un as noir : c'était celui de trèfle. Le suivant tira un carreau, l'autre un cœur, et ainsi de suite, mais toujours pas d'as de pique. Enfin Geraldine, assis à la gauche du prince, retourna sa carte. C'était bien un as, mais celui de cœur.

Lorsque le prince Florizel vit que son sort était là, devant lui, sur la table, son cœur cessa de battre. Il avait beau avoir du courage, la sueur perlait sur son front. Il y avait exactement une chance sur deux pour qu'il soit damné. Il retourna la carte. C'était l'as de pique. Une tempête se déchaîna dans son esprit, la table dansa devant ses yeux. Il entendit le joueur assis à sa droite partir dans un éclat de rire où se mêlaient la joie et la déception ; l'assistance se dispersa rapidement, mais le prince avait de tout autres préoccupations. Il se rendit compte combien sa conduite avait été stupide, et criminelle. Lui qui était en parfaite santé, en pleine jeunesse, et héritier d'un trône, il avait joué et perdu son avenir, ainsi que celui de courageux et loyaux sujets.

« Mon Dieu ! s'écria-t-il, pardonnez-moi ! »

À cet instant, la confusion de ses sens se dissipa, et il reprit sur-le-champ le contrôle de lui-même.

Il constata à sa grande surprise que Geraldine avait disparu. Il n'y avait plus personne dans la salle du jeu de cartes, excepté celui que le sort avait désigné pour être son boucher, lequel était en conférence avec le président, et le jeune homme aux tartelettes, qui se glissa vers lui, et murmura :

« Je donnerais un million, si je pouvais, pour avoir votre chance. »

Son Altesse ne put s'empêcher de penser, tandis que le jeune homme s'éloignait, qu'il eût, pour sa part, vendu une telle opportunité pour une somme bien plus modique.

L'aparté s'acheva à ce moment. L'homme qui avait tiré l'as de trèfle sortit de la pièce avec un air entendu ; le président s'approcha de l'infortuné prince et lui tendit la main.

« J'ai été ravi de vous connaître, monsieur, dit-il, et aussi d'avoir pu vous rendre ce menu service. En tout cas, vous ne sauriez vous plaindre que je vous aie fait attendre. Le deuxième soir… quel coup de chance ! »

Le prince chercha en vain ses mots pour répondre. Mais il avait la bouche sèche et l'impression que sa langue était paralysée.

« Vous ne vous sentez pas bien ? s'enquit le président avec une sollicitude distraite. Tout le monde réagit comme ça. Voulez-vous un peu de cognac ? »

Le prince accepta d'un hochement de la tête. Immédiatement le président versa un peu d'alcool dans une timbale.

« Pauvre vieux Malthy ! » s'exclama le président, pendant que le prince vidait son verre.

« Il en a pris presque une pinte, et ça n'avait pourtant pas l'air de lui faire grand bien.

— Le traitement me réussit mieux, dit le prince, bien revigoré. Comme vous le voyez, je me suis ressaisi. Permettez-moi donc de vous demander quelles sont mes instructions.

— Vous descendrez le Strand en direction de la City, sur le trottoir de gauche, jusqu'à ce que vous rencontriez le monsieur qui vient de quitter la pièce. Il complétera vos instructions. Il faudra lui obéir ; il est investi, pour ce soir, de l'autorité du club. Et maintenant, ajouta le président, je vous souhaite une agréable promenade. »

Florizel reçut ses salutations avec un embarras marqué, puis prit congé. Il traversa le fumoir où la plupart des joueurs étaient encore à boire le champagne qu'il avait lui-même commandé et payé en partie ; il se surprit à les maudire intérieurement. Dans le cabinet il mit son chapeau et son manteau et retrouva son parapluie parmi d'autres qui étaient entassés dans un coin. Le côté familier de tous ces gestes et l'idée qu'il les accomplissait pour la dernière fois déclenchèrent en lui un rire convulsif qui sonna de façon désagréable à ses oreilles. Il n'avait aucune envie de sortir de cette petite pièce ; au contraire, il se tourna vers la fenêtre. À la vue des lumières qui brillaient dans l'obscurité, il se ressaisit.

« Allons, allons, se dit-il, il faut me conduire en homme, et m'arracher à cet endroit. »

Au coin de Box Court, trois hommes se précipitèrent sur le prince et le jetèrent sans ménagement dans une voiture qui s'éloigna tout de suite à vive allure. Il y avait déjà quelqu'un à l'intérieur.

« J'espère que Votre Altesse me pardonnera cet excès de zèle », dit une voix familière.

Le prince se jeta au cou du colonel dans un élan de soulagement passionné.

« Pourrai-je jamais vous remercier ? s'écria-t-il. Mais comment avez-vous fait ? »

Il avait beau être résolu à affronter son sort, c'est avec une joie sans mesure qu'il cédait à la force de l'amitié, et renaissait à la vie et à l'espoir.

« Vous me remercierez assez, répondit le colonel, en évitant de tels périls désormais. Quant à votre autre question, notre entreprise a été menée le plus simplement du monde. J'ai tout arrangé cet après-midi avec un célèbre détective. On m'a promis le secret, moyennant finances. Ce sont vos serviteurs, essentiellement, qui ont pris part à cette entreprise. La maison de Box Court était cernée depuis la tombée de la nuit, et cette voiture, qui est à vous, attendait depuis près d'une heure.

— Et le misérable qui devait m'exécuter, qu'est-il devenu ? demanda le prince.

— On l'a capturé alors qu'il quittait le club, répondit le colonel. Il attend en ce moment votre sentence au palais, où ses complices l'auront bientôt rejoint.

— Geraldine, vous m'avez sauvé au mépris de mes ordres formels, et vous avez bien fait. Je vous suis redevable, en plus de ma vie, d'une bonne leçon ; et ce serait déroger à mon rang que de me montrer ingrat envers mon maître. Choisissez vous-même votre récompense. »

Il y eut un silence, pendant lequel la voiture continua de courir le long des rues ; chacun des deux hommes demeurait plongé dans ses réflexions. Geraldine parla le premier.

« Votre Altesse, dit-il, dispose à l'heure qu'il est d'un certain nombre de prisonniers. Il y a au moins un criminel, dans le nombre, dont il importe de faire justice. Notre serment nous interdit d'avoir recours aux autorités judiciaires ; la discrétion nous l'interdirait tout autant si nous étions libérés de ce serment. Puis-je savoir quelles sont les intentions de Votre Altesse ?

— Ma résolution est prise, répondit Florizel. Le président sera tué en duel. Il ne reste qu'à choisir son adversaire.

— Votre Altesse m'a autorisé à choisir ma récompense, dit le colonel. Puis-je suggérer qu'elle confie cette mission à mon frère ? La tâche est conforme à l'honneur, et je puis assurer Votre Altesse que ce garçon s'en acquittera en conséquence.

— C'est une bien modeste faveur que vous me demandez là, dit le prince, mais je ne saurais rien vous refuser. »

Le colonel lui baisa la main dans un transport d'affection ; à ce moment la voiture franchit le porche de la somptueuse résidence du prince.

Une heure plus tard, Florizel, en grand habit et arborant les ordres de Bohême, recevait les membres du Club du suicide.

« Hommes stupides et pervers, déclara-t-il, tous ceux d'entre vous qui ont été attirés dans ce mauvais pas par manque de fortune recevront de mes gens emploi et salaire. Quant à ceux qui ploient sous le poids du crime, ils devront s'en remettre à plus puissant et plus magnanime que moi. J'ai pitié de vous, plus que vous ne pouvez l'imaginer ; demain, chacun de vous me contera son histoire. Dans la mesure de votre franchise, je m'efforcerai de porter remède à votre infortune. Mais vous, ajouta-t-il en se tournant vers le président, ce serait faire injure à votre talent que de vous offrir mon aide ; je vous proposerai donc plutôt un petit jeu. Voici, dit-il en posant la main sur l'épaule du jeune frère de Geraldine, un officier qui souhaite faire un petit voyage sur le continent ; je vous prie de me faire la grâce de l'accompagner dans cette excursion. Êtes-vous, poursuivit-il en changeant de ton, bon tireur au pistolet ? Vous pourriez en avoir besoin. Lorsque deux hommes voyagent de conserve, il vaut mieux s'attendre à tout. J'ajoute que, si par hasard vous deviez perdre le jeune Geraldine en chemin, il y aura toujours un membre de ma maison à votre disposition ; et j'ai la réputation, monsieur le président, d'avoir le bras long et d'avoir de bons yeux. »

Sur ces paroles, prononcées avec une extrême sévérité, le prince mit un terme à son discours. Le lendemain, les membres du club se trouvèrent tous pourvus grâce à sa munificence ; le président entama ses pérégrinations sous la surveillance du jeune Geraldine, accompagné de deux laquais fidèles et adroits, excellemment formés à la maison du prince. Par surcroît de précaution, des agents discrets investirent la maison de Box Court ; tout le courrier destiné au Club du suicide serait désormais ouvert, tous les visiteurs interrogés personnellement par le prince Florizel.

Ici s'achève (selon mon conteur arabe) « L'Histoire du jeune homme aux tartelettes à la crème ». Celui-ci est désormais un propriétaire prospère de Wigmore Street, à Cavendish Square. Je n'indique pas le numéro, cela va sans dire. Ceux qui désirent connaître la suite des aventures du prince Florizel et du président du Club du suicide pourront lire :

« Histoire du docteur
et de la malle de Saratoga ».

HISTOIRE DU DOCTEUR
ET DE LA MALLE DE SARATOGA

Silas Q. Scuddamore était un jeune Américain d'un naturel simple et inoffensif. La chose était d'autant plus remarquable qu'il était originaire de Nouvelle-Angleterre, région du Nouveau Monde qui n'est pas particulièrement réputée pour de telles qualités. Malgré sa fortune considérable, il tenait un compte précis de toutes ses dépenses dans un petit carnet. Il avait décidé d'étudier les charmes de Paris du septième étage de ce qu'on appelle un hôtel meublé, situé dans le Quartier latin. Il entrait une grande part d'habitude dans sa parcimonie ; quant à sa vertu, qui tranchait vivement parmi ses amis, elle reposait surtout sur le manque d'assurance et d'expérience.

La chambre voisine de la sienne était occupée par une dame à l'air fort séduisant et à la toilette très élégante, qu'il avait prise, lors de son arrivée, pour une comtesse. Il apprit par la suite qu'elle avait pour nom Mme Zéphyrine et que sa position dans la société, quelle qu'elle fût, n'était pas celle d'une personne de condition. Mme Zéphyrine, sans doute dans l'espoir de séduire le jeune Américain, le croisait en se trémoussant dans l'escalier, en le gratifiant d'un signe poli de la tête, d'un mot aimable bien sûr, ainsi que d'un regard assassin de ses yeux noirs, avant de disparaître dans un froissement de soie, non sans lui laisser entrevoir un pied et une cheville admirablement tournés. Mais toutes ces avances, loin d'encourager M. Scuddamore, le plongeaient dans un abîme de mélancolie et de timidité. À plusieurs reprises elle était venue lui demander du feu, ou s'excuser pour les déprédations imaginaires de son caniche ; mais il demeurait muet face à un être si supérieur, perdait aussitôt son français, réduit à regarder fixement devant lui et à bégayer jusqu'à ce qu'elle soit partie. La modicité de leurs échanges ne l'empêchait nullement de glisser des insinuations d'un ordre très glorieux lorsqu'il était en sécurité dans la compagnie de quelques mâles.

La chambre qui se trouvait de l'autre côté de celle de l'Américain (il y en avait trois à chaque étage de l'hôtel) était louée par un vieux médecin anglais à la réputation plutôt douteuse. Le docteur Noël, car tel était son nom, avait été contraint de quitter Londres, où il avait une clientèle nombreuse et grandissante ; on murmurait que c'était la police qui l'avait incité à changer de décor. Toujours est-il que cet homme, qui avait été quelqu'un jadis, menait à présent dans le Quartier latin une vie simple et solitaire, consacrant une grande part de son temps à étudier. M. Scuddamore avait fait sa connaissance, et ils dînaient ensemble frugalement de temps en temps dans un restaurant situé en face de l'hôtel.

Silas Q. Scuddamore avait un certain nombre de défauts somme toute respectables, mais la délicatesse ne l'empêchait pas de s'y abandonner de bien des façons assez discutables. La principale de ces faiblesses était la curiosité. C'était un bavard invétéré ; la vie, plus particulièrement dans ses aspects, dont il n'avait aucune expérience, l'intéressait passionnément. Il posait des questions avec une invincible effronterie, poussant ses investigations avec une persévérance qui n'avait d'égale que son indiscrétion ; on l'avait vu, alors qu'il portait une lettre à la poste, la soupeser dans sa main, la retourner indéfiniment et en étudier soigneusement l'adresse. Et du jour où il découvrit une fissure dans la cloison qui le séparait de la chambre de Mme Zéphyrine, au lieu de la boucher, il s'en servit de judas pour épier les faits et gestes de sa voisine.

Un jour de la fin de mars, comme sa curiosité grandissait à mesure qu'il y cédait, il élargit un peu la fissure, afin d'avoir vue sur une autre partie de la chambre. Ce soir-là, comme il prenait son poste d'observation, il eut la grande surprise de trouver l'ouverture obstruée d'inexplicable façon de l'autre côté, et fut encore plus abasourdi lorsque l'obstacle fut brusquement enlevé et qu'un petit rire étouffé parvint à ses oreilles. Un peu de plâtre avait manifestement trahi le secret de son observatoire, et sa voisine le payait en nature. M. Scuddamore en éprouva la plus vive contrariété ; il en blâma impitoyablement Mme Zéphyrine ; il se fit également des reproches ; mais le lendemain, découvrant qu'elle ne s'était pas donné la peine de le frustrer de son passe-temps favori, il continua de profiter de sa négligence et de satisfaire sa curiosité oisive.

Le lendemain, Mme Zéphyrine reçut longuement la visite d'un homme d'une cinquantaine d'années au moins, grand et dégingandé, que Silas n'avait jamais vu auparavant. Son costume de tweed et sa chemise de couleur, ainsi que ses favoris hirsutes, trahissaient son origine britannique, et son regard gris et morne fit froid dans le dos à Silas. Au cours de la conversation, qui se passa en murmures, il ne cessa de tordre la bouche en tous sens. À plusieurs reprises, Silas eut l'impression qu'ils désignaient du geste son appartement. Mais il ne put en saisir davantage, malgré sa scrupuleuse écoute, qu'une remarque émise par l'Anglais à voix un peu plus haute, comme en réponse à une hésitation, ou à un refus :

« J'ai étudié ses goûts dans le moindre détail, et je peux vous dire et vous répéter que, dans votre genre, vous êtes la seule femme que j'aie à ma disposition. »

Mme Zéphyrine soupira et fit un geste qui semblait indiquer qu'elle se résignait, comme cédant à une autorité absolue.

Cette après-midi-là, l'observatoire fut définitivement occulté par une armoire qu'on avait tirée devant, de l'autre côté. Alors même que Silas se lamentait sur ce malheur, qu'il attribuait à l'influence néfaste du Britannique, le *concierge* lui apporta une lettre écrite par une main de femme. Elle était tournée dans un français dont l'orthographe n'était pas des plus rigoureuses, n'était pas signée, mais invitait le jeune Américain, dans les termes les plus engageants, à se trouver à un certain endroit du bal Bullier à 11 heures le soir même. La curiosité et la timidité se livrèrent un long combat dans le cœur du jeune homme ; tantôt il était d'une vertu sans faille, tantôt enflammé par l'audace ; le résultat fut que, bien avant 10 heures, M. Silas Q. Scuddamore se présentait, dans une tenue irréprochable, aux portes des salons Bullier ; s'acquitta de son droit d'entrée avec un sentiment d'irrépressible audace qui ne manquait pas de charme.

C'était l'époque du carnaval, et les salons étaient bondés et bruyants. Les lumières et la foule intimidèrent tout d'abord notre jeune aventurier, mais bientôt elles lui montèrent à la tête comme une sorte d'ivresse et l'emplirent d'une mâle assurance qu'il ne s'était jamais connue. Il se sentait prêt à affronter le diable en personne ; il arpenta le grand salon en se pavanant avec des airs de matamore. Tandis qu'il paradait ainsi, il aperçut Mme Zéphyrine et son Anglais en grande conversation derrière un pilier. L'instinct félin de l'indiscrétion le submergea immédiatement. Il s'approcha furtivement par-derrière, jusqu'à portée de voix.

« Voici notre homme, disait l'Anglais ; là-bas, celui qui a les cheveux longs et blonds, et qui parle avec la fille en vert. »

Silas repéra un jeune homme très beau, et de petite taille, qui était manifestement l'objet de la description.

« Parfait, dit Mme Zéphyrine, je vais faire tout mon possible. Mais souvenez-vous que les meilleures d'entre nous échouent parfois dans ce genre d'entreprise.

— Allons donc ! répliqua son compagnon, je réponds du résultat. Ne vous ai-je pas choisie parmi une trentaine d'autres ? Allez, mais méfiez-vous du prince. Je ne comprends pas par quel invraisemblable concours de circonstances il se trouve ici ce soir. Il y a bien une douzaine d'autres bals à Paris susceptibles de l'intéresser davantage que cette cohue d'étudiants et de garçons de courses ! Regardez-le ! Il a l'air d'un empereur assis sur son trône bien plus que d'un prince en villégiature ! »

Une fois encore, Silas eut de la chance. Ses yeux tombèrent sur un personnage de petite taille quoique bien prise, d'une saisissante beauté, à l'allure imposante et princière, assis à une table en compagnie d'un autre jeune homme, qui avait quelques années de moins que lui, et qui s'adressait à lui avec tous les signes de la déférence. Le terme de prince sonna agréablement aux oreilles républicaines de Silas, et l'aspect de la personne à laquelle il faisait référence fit son effet habituel sur son esprit. Il laissa Mme Zéphyrine et son Anglais à leurs affaires et se fraya un chemin à travers la foule pour s'approcher de la table que le prince et son confident honoraient de leur présence.

« Je vous dis, Geraldine, disait le premier, que c'est de la folie. C'est vous (je suis heureux de m'en souvenir) qui avez choisi votre frère pour cette périlleuse mission, et il est de votre devoir de veiller sur sa conduite. Il a accepté de s'attarder ainsi à Paris, ce qui constitue déjà une imprudence, compte tenu de la personnalité de l'homme à qui il a affaire. Mais maintenant, à quarante-huit heures de son départ, à deux ou trois jours de cette épreuve décisive, je vous le demande, que fait-il ici ? Il devrait être au stand de tir, en train de s'entraîner, dormir beaucoup et faire un peu de marche à pied, suivre un régime rigoureux, sans vin blanc ni cognac. Est-ce que cet animal s'imagine que tout cela n'est qu'une comédie ? Il s'agit d'une affaire terriblement sérieuse, Geraldine !

— Je connais trop bien ce garçon pour intervenir, répondit le colonel Geraldine, et assez pour ne pas m'alarmer. Il est plus prudent que vous ne l'imaginez, et d'un courage indomptable. S'il s'était agi d'une affaire amoureuse, je n'en dirais pas tant, mais je le crois capable de s'occuper du président avec l'aide de nos deux domestiques, sans la moindre appréhension.

— Je me réjouis de vous l'entendre dire, dit le prince ; cependant, je ne suis pas tranquille. Ces domestiques sont des espions bien entraînés, et pourtant ce mécréant n'a-t-il pas réussi à trois reprises à leur échapper, pour se livrer, à chaque fois, à des agissements secrets et, sans nul doute, dangereux ? Qu'un amateur perde sa piste par accident, je veux bien. Mais si Rudolph et Jérôme l'ont perdu de vue, c'est certainement par un fait exprès, de la part d'un homme qui poursuivait sans doute quelque irrésistible dessein, et qui dispose de dons exceptionnels.

— Il me semble que cette question concerne désormais mon frère et moi-même, répliqua Geraldine, d'une voix quelque peu offensée.

— Parce que je le veux bien, colonel Geraldine, répondit le prince Florizel. Et c'est peut-être la raison pour laquelle vous devriez être d'autant plus disposé à accepter mes conseils. Mais assez sur ce sujet. Cette fille en jaune danse bien. »

Et la conversation glissa vers les sujets habituels dans une salle de bal parisienne pendant le carnaval.

Silas se rappela où il était, et que l'heure était presque venue de se trouver au rendez-vous donné. Plus il y pensait, moins cette perspective le réjouissait. À ce moment, le tourbillon de la foule l'entraîna vers la porte, et il n'opposa aucune résistance. Le tourbillon le rejeta dans un recoin sous la tribune, où il reconnut immédiatement la voix de Mme Zéphyrine. Elle s'entretenait en français avec le jeune homme aux boucles blondes que l'étrange Britannique lui avait désigné à peine une demi-heure auparavant.

« J'ai ma réputation à préserver, disait-elle, sinon je ne mettrais aucune autre condition que les objections de mon cœur. Mais vous n'aurez qu'à dire ce que vous savez au concierge, et il vous laissera passer sans rien dire.

— Mais à quoi bon cette histoire de dette ? s'étonna son compagnon.

— Au nom du Ciel, dit-elle, croyez-vous que j'ignore le genre d'hôtel où je suis ? »

Sur ces mots elle s'éloigna, s'accrochant affectueusement au bras de son compagnon.

Cela rappela le billet à Silas.

« Plus que dix minutes, se dit-il, et je marcherai peut-être au bras d'une femme aussi belle, une vraie dame, qui sait ? Peut-être une aristocrate ! »

À ce moment, il repensa à l'orthographe, et son optimisme retomba quelque peu.

« Mais c'est peut-être sa femme de chambre qui l'a écrit », imagina-t-il.

L'horloge indiquait qu'il restait quelques minutes ; l'approche du rendez-vous fit battre son cœur sur un rythme étrange et désagréable. Il songea avec soulagement qu'il n'était nullement obligé de s'y montrer. La vertu et la lâcheté avaient conclu un pacte ; il se dirigea de nouveau vers la porte, cette fois de sa propre initiative, luttant contre le flux qui à présent s'écoulait dans le sens inverse. Cette résistance prolongée dut le fatiguer, ou bien était-il dans ces dispositions d'esprit où le simple fait de s'évertuer dans un sens pendant un certain temps produit une réaction et un changement d'objectif. Le fait est, en tout cas, qu'il fit volte-face pour la troisième fois, jusqu'à ce qu'il eût trouvé un recoin où se dissimuler à quelques pas de l'endroit fixé.

Là il éprouva les pires affres, supplia plusieurs fois Dieu de lui venir en aide, car il avait été élevé dans la dévotion. Il n'éprouvait plus le moindre désir de cette rencontre ; rien ne le retenait de s'enfuir, que la crainte stupide qu'on le considère comme un lâche ; mais celle-ci était si forte qu'elle résista à toutes les autres tentations ; et bien qu'elle ne pût le convaincre d'avancer, elle l'empêchait de s'enfuir pour de bon. Enfin l'horloge indiqua que l'heure était passée de dix minutes. Le courage du jeune Scuddamore lui revint ; il scruta autour de lui, ne vit personne à l'endroit du rendez-vous ; sans doute sa mystérieuse correspondante était-elle partie, lasse de l'attendre. Il devint aussi audacieux qu'il avait été timoré auparavant. Il lui semblait qu'il lui suffisait de se montrer à l'endroit dit, même en retard, pour échapper à l'accusation de lâcheté. Plus encore, il commença à soupçonner quelque farce, et se félicita vivement de l'habileté avec laquelle il avait éventé et déjoué les manœuvres de ses mystificateurs. Ainsi va l'esprit oisif des jeunes gens !

Enhardi par ces réflexions, il sortit bravement de sa cachette. À peine avait-il fait quelques pas qu'une main se posa sur son bras. Il se retourna et vit une femme d'une forte corpulence et à l'air imposant, bien que l'expression de son visage fût sans la moindre sévérité.

« Je constate que vous ne manquez pas de confiance en votre pouvoir de séduction : vous savez vous faire attendre. Mais j'étais résolue à vous rencontrer. Pour qu'une femme s'oublie au point de faire les premiers pas, il faut qu'elle ait depuis longtemps renoncé à tout souci de fierté sans importance. »

Silas fut consterné par la stature et les appas de sa correspondante, ainsi que par la rapidité avec laquelle elle avait fondu sur lui. Mais elle le mit bien vite à son aise. Elle avait des manières on ne peut plus aimables et pleines de douceur ; elle l'incita à maintes plaisanteries, auxquelles elle applaudit bruyamment ; et en quelques instants, à force de boniments et grâce à une distribution généreuse de cognac, elle l'avait amené non seulement à se croire amoureux, mais à déclarer sa flamme avec la plus vive ardeur.

« Hélas, dit-elle, je ne sais si je ne devrais pas maudire cet instant, aussi grand que soit le plaisir que vos paroles me procurent. Jusqu'à présent, je souffrais seule. Désormais, mon pauvre ami, nous serons deux. Je ne suis pas maîtresse de mes mouvements. Je n'ose vous prier de me rendre visite chez moi, car je suis étroitement surveillée. Voyons, ajouta-t-elle, je suis plus âgée que vous, et pourtant tellement plus vulnérable ; et j'ai beau m'en remettre à votre courage et à votre détermination, il faut que je fasse appel à mon expérience du monde dans notre intérêt commun. Où habitez-vous ? »

Il lui expliqua qu'il logeait dans un hôtel meublé, et donna son adresse.

Pendant quelques instants, elle sembla abîmée dans la réflexion.

« Je vois, dit-elle enfin. Puis-je compter sur votre loyauté et votre discrétion ? »

Silas lui donna les plus vives assurances de sa fidélité.

« Demain soir, donc, poursuivit-elle avec un sourire plein de promesses, vous resterez chez vous toute la soirée ; si des amis viennent vous rendre visite, usez du premier prétexte qui vous viendra à l'esprit pour les éconduire. La porte de votre hôtel est fermée à 10 heures, je suppose ? demanda-t-elle.

— 11 heures, corrigea Silas.

— À 11 heures un quart, continua-t-elle, sortez de chez vous. Contentez-vous de crier pour qu'on ouvre la porte, et faites en sorte de n'échanger aucune parole avec le concierge, car cela pourrait tout faire rater. Rendez-vous à l'angle où le jardin du Luxembourg rejoint le boulevard ; je vous y attendrai. Je compte sur vous pour suivre mes instructions à la lettre ; et n'oubliez pas : si vous manquez à une seule d'entre elles, vous attirerez les pires ennuis sur une femme dont le seul tort est de vous avoir vu et d'être tombée amoureuse de vous.

— Mais à quoi bon toutes ces précautions ? s'enquit Silas.

— Je vois que vous me traitez déjà comme si je vous appartenais, s'écria-t-elle en lui donnant un coup d'éventail sur le bras. Patience, patience ! chaque chose en son temps. Les femmes aiment qu'on leur obéisse tout d'abord, même si par la suite elles trouvent leur plaisir dans l'obéissance. Faites ce que je vous dis, pour l'amour du Ciel, ou je ne réponds plus de rien. Mais j'y pense, ajouta-t-elle, comme si une solution meilleure se présentait à elle, j'ai une meilleure idée pour écarter les visiteurs importuns. Dites au concierge de ne laisser entrer personne vous demandant, à l'exception d'une seule, qui viendra réclamer le paiement d'une dette ; et mettez-y un peu d'émotion, comme si vous appréhendiez cette entrevue ; ainsi, il vous croira.

— Ne vous en faites donc pas, dit-il, un peu vexé. Je sais tenir les intrus à l'écart.

— J'insiste pour que les choses se déroulent de cette manière, répondit-elle froidement. Je connais les hommes ; ils ne font aucun cas de la réputation des femmes. »

Silas rougit et baissa légèrement la tête : le plan auquel il pensait comportait son petit lot de vantardise devant ses amis.

« Surtout, pas un mot au concierge en sortant, dit-elle.

— Pourquoi ? demanda-t-il. De toutes vos instructions, voilà bien la moins importante à mes yeux.

— Vous avez d'abord mis en doute certaines instructions, dont la sagesse vous apparaît à présent, répondit-elle. Croyez-moi : celle-ci aussi a son utilité ; vous vous en rendrez compte en temps voulu ; et que dois-je penser de votre affection, si vous me contrariez à propos de tels détails dès notre première conversation ? »

Silas se confondit en justifications et en excuses ; tandis qu'il parlait, elle leva les yeux vers l'horloge et frappa des mains en étouffant un cri.

« Mon Dieu, s'écria-t-elle, déjà si tard ? Je n'ai plus un instant à perdre. Nous autres femmes ne sommes décidément que de pauvres esclaves ! J'ai déjà pris trop de risques pour vous ! »

Après avoir répété ses instructions, qu'elle ponctua habilement de caresses et de regards d'une exquise langueur, elle lui dit adieu et disparut dans la foule.

Tout le lendemain Silas fut empli d'un sentiment d'importance considérable ; il était persuadé désormais d'avoir affaire à quelque comtesse ; et le soir venu il exécuta scrupuleusement les ordres qu'elle lui avait donnés : il fut à l'angle du jardin du Luxembourg à l'heure dite. Il n'y avait personne. Il attendit près d'une demi-heure, dévisageant chaque passant, et tous ceux qui flânaient dans les parages. Il explora même les coins du boulevard alentour, et fit le tour complet des grilles du jardin ; mais aucune ravissante comtesse ne vint se jeter dans ses bras. Enfin, mais bien à contrecœur, il reprit le chemin de l'hôtel. En cours de route, il se rappela les mots échangés par Mme Zéphyrine et le jeune homme blond, et se sentit envahi par un indéfinissable malaise.

« On dirait que tout le monde a reçu l'ordre de mentir à notre concierge. »

Il sonna à la porte, le concierge en chemise de nuit vint lui donner de la lumière.

« Il est parti ? demanda le concierge.

— Qui donc ? » s'étonna Silas, assez sèchement, car sa mésaventure l'avait mis de fort mauvaise humeur.

« Je ne l'ai pas vu sortir, poursuivit le concierge, mais j'espère bien que vous l'avez payé, car ici nous n'aimons guère les locataires qui ne peuvent honorer leurs engagements.

— De quoi diable voulez-vous parler ? demanda Silas brusquement. Je ne comprends absolument rien à cet imbroglio.

— Mais je vous parle de ce petit jeune homme blond qui est venu chercher l'argent que vous lui devez, répondit l'autre. Voilà de quoi je parle. Qui voulez-vous que ce soit d'autre ? Ne m'aviez-vous pas ordonné de n'admettre personne d'autre ?

— Enfin, au nom du Ciel, il n'est certainement pas venu ! répliqua Silas.

— Je crois ce que je crois, repartit le concierge avec une mimique pleine de malice.

— Vous êtes une impudente canaille », s'écria Silas.

Sur ce, craignant que son accès d'humeur ne l'ait rendu ridicule, en proie à toutes sortes d'alarmes, il fit demi-tour et s'élança dans l'escalier à toute vitesse.

« Vous ne voulez pas de ma chandelle ? » cria le concierge.

Mais Silas accéléra sa course, ne s'arrêtant qu'une fois arrivé au septième, devant sa porte. Là, il attendit un moment d'avoir repris son souffle, assailli par les pires pressentiments, craignant presque d'entrer chez lui.

Lorsque enfin il se décida, il fut soulagé de trouver sa chambre plongée dans l'obscurité et, de toute évidence, déserte. Il poussa un long soupir. Il était chez lui, en sécurité, après une folie qui serait la dernière aussi sûrement qu'elle avait été la première. Les allumettes étaient sur une petite table auprès du lit. Il se dirigea dans cette direction à tâtons. Tandis qu'il avançait, son appréhension se remit à grandir, et il fut bien soulagé, lorsque son pied heurta un obstacle, de voir qu'il ne s'agissait de rien d'autre que d'une chaise. Enfin, ses doigts sentirent les rideaux. D'après la position de la fenêtre, il sut qu'il se trouvait au pied du lit. Il ne lui restait plus qu'à tâtonner le long du lit pour atteindre la table en question.

Il posa la main là où il pensait trouver la courtepointe. Mais il y avait quelque chose en dessous, qui avait la forme d'une jambe. Silas enleva sa main et demeura pétrifié un instant.

« Qu'est-ce... qu'est-ce que cela signifie ? » se demanda-t-il.

Il tendit l'oreille, mais ne perçut aucun bruit de respiration. De nouveau, il fit un énorme effort sur lui-même, et posa le bout du doigt à l'endroit qu'il avait touché auparavant. Mais cette fois, il fit un bond en arrière, et demeura tout frissonnant, paralysé par la terreur : il y avait quelque chose sur le lit, mais qu'était-ce donc ?

Il lui fallut quelques secondes pour retrouver l'usage de ses membres. Alors, guidé par une sorte d'instinct, il trouva les allumettes et, tournant le dos au lit, alluma une chandelle. Sitôt que la mèche s'enflamma, il se retourna lentement et regarda ce qu'il avait peur de voir. Et ce fut bien la pire de ses craintes qui se réalisa. La courtepointe était soigneusement tirée sur l'oreiller, mais elle épousait la forme d'un corps immobile ; et lorsqu'il se précipita pour retirer les draps, ce fut pour contempler le jeune homme qu'il avait vu la veille au bal Bullier, étendu les yeux grands ouverts et vides d'expression, le visage boursouflé et noirci, un mince filet de sang s'écoulant de ses narines.

Silas poussa un long gémissement de terreur, laissa choir la chandelle et tomba à genoux contre le lit.

Des coups discrets, frappés avec insistance contre la porte, le tirèrent de la stupeur où l'avait plongé cette terrible découverte. Il lui fallut plusieurs secondes pour reprendre ses esprits ; et lorsqu'il se précipita afin d'empêcher quiconque d'entrer, il était déjà trop tard. Le docteur Noël, en bonnet de nuit, une lampe à la main qui éclairait son long visage pâle, poussa lentement la porte et s'avança, la démarche furtive, dressant la tête et scrutant l'espace comme une sorte d'oiseau, jusqu'au milieu de la chambre.

« Il m'a semblé entendre un cri, commença le docteur. Craignant que vous ne vous sentiez pas bien je n'ai pas hésité à faire intrusion. »

Silas, le visage écarlate, le cœur battant sous l'effet de la terreur, restait entre le docteur et le lit, incapable de proférer une parole.

« Vous êtes dans le noir, continua le docteur, et vous n'avez pas commencé vos préparatifs pour vous coucher. Ce que je vois m'en dit assez, quoi que vous puissiez dire : votre visage me dit que vous avez besoin soit d'un ami, soit d'un docteur, à vous de dire lequel. Laissez-moi prendre votre pouls, car il dit souvent l'histoire du cœur. »

Il s'avança vers Silas, qui recula devant lui, et essaya de lui saisir le poignet. Mais c'en était trop pour les nerfs du jeune Américain. Il bondit hors d'atteinte du docteur dans un élan fébrile et se jeta sur le sol, éclatant en un flot de larmes.

Dès que le docteur Noël aperçut le cadavre sur le lit, son visage s'assombrit ; il retourna en hâte à la porte, qu'il avait laissée entrouverte, la referma, et tourna la clé à double tour.

« Debout ! ordonna-t-il à Silas d'une voix stridente. Ce n'est pas le moment de pleurer. Qu'avez-vous fait ? Comment ce cadavre se trouve-t-il dans votre chambre ? Parlez franchement à un homme qui peut vous venir en aide. Croyez-vous que je cherche votre perte ? Que cet amas de chair sans vie sur votre oreiller puisse altérer en rien la sympathie que vous m'inspirez ? Jeune homme crédule, l'horreur avec laquelle la justice aveugle et inique considère nos actions n'entache nullement le criminel aux yeux de ceux qui l'aiment ; quand bien même verrais-je un ami très cher me revenir après avoir franchi une mer de sang, mon affection n'en serait absolument pas changée. Relevez-vous, dit-il, le bien et le mal sont une chimère ; il n'y a rien dans l'existence que la fatalité ; et quel qu'ait été votre rôle dans cette affaire, vous trouverez quelqu'un à vos côtés, prêt à vous aider jusqu'au bout. »

Grâce à ces encouragements, Silas se ressaisit et d'une voix brisée, soutenu par les questions du docteur, parvint enfin à le mettre au courant de ce qui s'était passé. Mais il ne fit aucune mention de la conversation entre le prince et Geraldine, car il n'en avait pas saisi le sens, et n'avait aucune idée du rapport qu'elle avait à sa propre infortune.

« Hélas, s'écria le docteur Noël, si je ne me trompe, vous êtes tombé sans le vouloir entre les mains les plus dangereuses d'Europe. Mon pauvre garçon, c'est un abîme qu'on a creusé, et où votre naïveté vous a précipité. Vos pas sans méfiance ont été guidés dans un péril mortel ! Cet homme, dit-il, ce Britannique, que vous avez vu à deux reprises, et qui est selon moi l'âme de cette machination, pouvez-vous me le décrire ? Était-il jeune ou vieux ? Grand ou petit ? »

Mais Silas qui, malgré sa curiosité, n'avait aucun sens de l'observation, ne put lui fournir que de maigres généralités, qui rendaient toute identification impossible.

« Mais on devrait enseigner cela dans toutes les écoles ! s'exclama le docteur en colère. À quoi sert de voir et de parler si on est incapable d'observer et de se rappeler les traits de son ennemi ? Moi qui connais toutes les bandes de malfaiteurs d'Europe, je l'aurais identifié, et j'aurais été armé pour vous défendre. Cultivez cet art à l'avenir, mon pauvre garçon ; vous en vérifierez sûrement l'immense utilité.

— L'avenir, répéta Silas. Quel avenir pour moi, si ce n'est la potence ?

— La jeunesse n'est que le temps de la lâcheté, répliqua le docteur, où les soucis paraissent plus noirs qu'ils ne le sont en réalité. Je suis vieux, moi, et pourtant je ne perds jamais espoir.

— Pourrai-je raconter pareille histoire à la police ? demanda Silas.

— Certes, non, répondit le docteur. D'après ce que je perçois de la machination où l'on vous a entraîné, vous n'avez rien à espérer de ce côté-là ; aux yeux étroits des autorités, vous faites immanquablement figure de coupable. Et n'oubliez pas que nous ne connaissons qu'une partie du complot. Les mêmes démons ont sans doute manigancé bien d'autres affaires qu'une enquête de la police mettrait en lumière, afin de mieux en imputer la faute à votre innocente personne.

— Je suis donc perdu pour de bon ! s'écria Silas.

— Je n'ai pas dit cela, répondit le docteur Noël, car je sais prendre mes précautions.

— Mais il y a cela, répliqua Silas en montrant le corps. Il y a cette chose sur mon lit, qu'on ne peut ni expliquer, ni faire disparaître, ni contempler sans horreur.

— Horreur ? mais non, répondit le docteur. Une fois que ce genre d'horloge a fini de tourner, ce n'est plus à mes yeux qu'un mécanisme qu'il faut examiner au bistouri. Une fois que le sang est figé, ce n'est plus du sang humain ; lorsque la chair est morte, ce n'est plus la chair que désirent les amants, et que nous respectons chez nos amis. Grâce, attirance, terreur, tout cela s'en est allé avec le souffle de la vie. Habituez-vous donc à regarder cela froidement ; car si mon plan marche comme prévu, il va vous falloir vivre quelques jours en permanente compagnie de cette chose qui pour l'instant vous plonge dans une si grande terreur.

— Votre plan ? s'écria Silas. Quel plan ? Dites-le-moi vite, docteur, car c'est à peine si j'ai la force de vivre encore. »

Sans rien dire, le docteur Noël se tourna vers le lit et se mit à examiner le cadavre.

« Il est bien mort, murmura-t-il. Et comme je m'y attendais, ses poches sont vides. Plus de nom sur la chemise. Ils ont bien fait leur travail, sans rien oublier. Heureusement qu'il est de petite taille ! »

Silas écoutait ces paroles avec une anxiété extrême. Enfin, le docteur, son autopsie terminée, prit une chaise et s'adressa en souriant au jeune Américain.

« Depuis que je suis entré dans votre chambre, j'ai eu beau écouter et parler, mes yeux ne sont pas restés inactifs. J'ai remarqué que vous avez là, dans ce coin, un de ces invraisemblables monuments que vos compatriotes emportent dans tous les coins du monde — en un mot une malle de Saratoga. Jusqu'à présent, je n'avais jamais compris l'utilité d'un tel monument ; mais j'ai eu un commencement d'illumination. Je ne saurais encore dire s'il s'agissait de faciliter la traite des esclaves ou d'escamoter les effets d'un usage intempestif du poignard. Mais une chose est certaine : ce genre de boîte est fait pour contenir un corps.

— Vraiment, je vous l'assure, ce n'est pas le moment de plaisanter ! s'écria Silas.

— J'ai beau m'exprimer quelque peu sur le ton de la plaisanterie, répliqua le docteur, je suis on ne peut plus sérieux. La première chose à faire, mon jeune ami, est de vider cette malle de tout ce qu'elle contient. »

Silas, s'inclinant devant l'autorité du docteur Noël, s'exécuta. Le coffre de Saratoga fut bientôt vidé de tout son contenu, qui encombra le plancher d'un désordre considérable ; alors, Silas prit le cadavre par les talons, et le docteur par les épaules, et ils le soulevèrent, le plièrent avec peine pour le faire entrer tout entier dans la boîte vide. Ils joignirent leurs efforts pour refermer le couvercle de ce bagage inhabituel, puis fermèrent la malle à clé, et le docteur la ficela lui-même, tandis que Silas faisait disparaître ce qu'ils en avaient sorti dans le placard et dans une commode.

« Bien, dit le docteur, le premier pas vers le salut est franchi. Demain, ou plutôt tout à l'heure, il vous faudra apaiser les soupçons de votre concierge, et lui payer tout ce que vous lui devez ; pendant ce temps, laissez-moi faire ; je prendrai les dispositions nécessaires à une issue heureuse. Pour le moment, je vous emmène chez moi, pour vous administrer un sédatif puissant, mais sans danger ; car, quoi que vous fassiez, il vous faut du repos. »

La journée du lendemain fut la plus longue que Silas eût jamais vécue ; il lui sembla qu'elle ne finirait jamais. Il ferma sa porte à ses amis et resta assis dans un coin, les yeux rivés sur la malle de Saratoga, plongé dans une affreuse méditation. Il payait à présent en nature les indiscrétions dont il s'était rendu coupable auparavant ; en effet, l'observatoire avait été rouvert, et il sentait qu'on l'observait en permanence depuis l'appartement de Mme Zéphyrine. Cela le perturba à tel point qu'il fut obligé en fin de compte d'obturer le trou de son côté ; et, une fois à l'abri des regards indiscrets, il passa un temps considérable en larmes et prières pleines de contrition.

Tard dans la soirée, le docteur Noël entra dans sa chambre, tenant à la main deux enveloppes scellées sans adresse, l'une assez volumineuse, et l'autre tellement mince qu'elle semblait ne rien contenir.

« Silas, déclara-t-il, s'asseyant à la table, le moment est venu de vous exposer le plan qui doit vous sauver. Demain matin, de bonne heure, le prince Florizel de Bohême repart pour Londres, après avoir passé quelques jours à se divertir au carnaval de Paris. J'ai eu la chance, il y a quelque temps, de rendre au colonel Geraldine, son grand écuyer, un de ces services qu'on n'oublie jamais de part et d'autre. Inutile de vous expliquer la nature de la dette qu'il a contractée auprès de moi ; il suffit de dire que je le savais prêt à m'aider de n'importe quelle façon. Ce qui importe, c'est que vous gagniez Londres sans que votre malle soit ouverte. À première vue la douane constitue en l'occurrence un obstacle infranchissable. Mais l'idée m'est venue que, par courtoisie, on ne fouille pas les bagages d'un personnage important comme le prince. Je suis allé voir le colonel Geraldine et suis parvenu à obtenir une réponse favorable. Demain, si vous vous rendez avant 6 heures à l'hôtel où réside le prince, votre colis sera embarqué avec le reste de ses bagages ; quant à vous, vous ferez le voyage comme membre de sa suite.

— Je crois me souvenir, en vous entendant, que j'ai déjà vu et le prince et le colonel Geraldine ; j'ai même surpris une partie de leur conversation l'autre soir au bal Bullier.

— C'est assez probable ; car le prince adore se mêler à toutes sortes de gens, répondit le docteur. Une fois à Londres, votre tâche sera pratiquement terminée. Dans cette grosse enveloppe, je vous confie une lettre sur laquelle je n'ose prendre le risque de mettre l'adresse ; mais dans l'autre vous trouverez indiquée la maison à laquelle vous devrez la porter, ainsi que votre malle, que l'on vous prendra, et qui ne vous causera plus le moindre souci.

— Hélas, dit Silas, comme j'aimerais vous croire, mais comment est-ce possible ? Vous me laissez entrevoir de brillantes perspectives mais, je vous le demande, mon esprit peut-il accepter une solution aussi improbable ? Soyez plus généreux et dites-m'en davantage sur vos intentions. »

Le docteur eut une expression péniblement contrariée.

« Mon garçon, répondit-il, vous ne savez pas ce que vous me demandez. Mais soit. J'ai l'habitude de l'humiliation ; et il serait étrange de vous refuser cela, après avoir tant fait pour vous. Sachez donc que, malgré mon apparence à présent rangée, frugale, solitaire, studieuse, mon nom était, lorsque j'étais jeune, le cri de ralliement des esprits les plus rusés et les plus dangereux de Londres ; et tandis qu'extérieurement je jouissais du respect et de la considération de tous, mon véritable pouvoir tenait à mes fréquentations les plus secrètes, terrifiantes et criminelles. C'est à l'un de ceux qui m'obéissaient alors que je m'adresse aujourd'hui pour vous décharger de votre fardeau. C'étaient des hommes d'origines et de talents variés, liés ensemble par un serment terrible, travaillant tous dans un seul but : le commerce du meurtre ; et moi qui vous parle, sous mes abords innocents, j'étais le chef de cette terrible cohorte.

— Quoi ? s'écria Silas. Un meurtrier ? Pour qui le meurtre était un vulgaire commerce ? Et je vous serrerais la main ? Dois-je seulement accepter vos services ? Oh, sombre et criminel vieillard, chercheriez-vous à faire votre complice de mon inexpérience et de ma détresse ? »

Le docteur éclata d'un rire amer.

« Vous êtes difficile à satisfaire, monsieur Scuddamore, dit-il, mais je vous donne à choisir entre la compagnie d'un homme assassiné et celle d'un assassin. Si vous avez la conscience trop délicate pour accepter mon aide, dites-le, et je m'en irai sur-le-champ. Dès lors vous vous débrouillerez avec votre malle et son contenu comme il siéra à votre exigeante conscience.

— Je vous demande pardon, répondit Silas. J'oubliais avec quelle générosité vous avez offert de me protéger, avant même que j'aie pu vous persuader de mon innocence. Je continuerai à écouter vos conseils avec gratitude.

— Voilà qui est mieux, répondit le docteur, je constate que vous commencez à assimiler les premiers enseignements de l'expérience.

— Cela dit, reprit l'Américain, puisque vous vous déclarez familier avec ce commerce cruel, et que les gens à qui vous me recommandez sont vos anciens associés et amis, ne pourriez-vous vous charger vous-même du transport de cette boîte, et me débarrasser maintenant de son odieuse présence ?

— Par ma foi, répondit le docteur, je vous admire du fond du cœur ! Vous pensez peut-être que je ne me suis pas suffisamment occupé de vos soucis, mais croyez-moi, je suis d'un avis opposé. Le service que je vous propose est à prendre ou à laisser ; et ne m'importunez pas davantage avec votre gratitude, car j'ai aussi peu de considération pour votre estime que pour votre intellect. Avec le temps, s'il vous est donné de vivre longtemps sans perdre la raison, vous en jugerez différemment, et vous rougirez de votre attitude de ce soir. »

Sur ces paroles, le docteur se leva de son siège, répéta brièvement et clairement ses instructions, puis quitta la pièce sans laisser à Silas le temps de répondre.

Le lendemain, Silas se présenta à l'hôtel, où il fut poliment reçu par le colonel Geraldine, et soulagé dès lors de toute inquiétude au sujet de son coffre et de son sinistre contenu. Le voyage se passa sans grand incident, bien que le jeune homme fût horrifié d'entendre les marins et les porteurs du chemin de fer se plaindre entre eux du poids inhabituel des bagages du prince. Silas fit la route dans la voiture des domestiques, car le prince Florizel avait choisi de voyager seul avec son grand écuyer. À bord du bateau, toutefois, Silas attira l'attention de Son Altesse par l'air et l'attitude mélancoliques avec lesquels il contemplait l'amoncellement de bagages ; car l'avenir lui inspirait encore bien des craintes.

« Voici un jeune homme, observa le prince, qui semble avoir bien des soucis.

— C'est le jeune Américain, expliqua le colonel, pour qui j'ai obtenu votre permission de voyager avec votre suite.

— Vous me rappelez à mes devoirs de courtoisie », dit le prince.

Il s'approcha de Silas et l'aborda de la façon la plus polie :

« Je suis enchanté, jeune homme, de pouvoir accéder au désir que vous avez exprimé par l'intermédiaire du colonel Geraldine. Souvenez-vous, je vous prie, que je serai heureux, en toute circonstance future, de vous obliger de façon plus sérieuse encore. »

Puis il l'interrogea sur la situation politique de l'Amérique. Silas lui répondit avec pertinence et bon sens.

« Vous êtes encore jeune, dit le prince, et pourtant vous me semblez fort raisonnable. Peut-être vous laissez-vous par trop absorber par de graves préoccupations. Mais je crains d'être indiscret en faisant allusion à quelque pénible tourment.

— J'ai tout lieu, en vérité, de me considérer comme la plus misérable des créatures. Jamais innocent n'a été plus affreusement abusé.

— Je n'exigerai pas de connaître votre secret, répondit le prince Florizel. Mais n'oubliez pas que la recommandation du colonel Geraldine vous donne droit à ma totale confiance, et que je suis non seulement désireux, mais aussi sans doute plus à même que bien d'autres, de vous venir en aide. »

Silas fut enchanté de l'amabilité de ce grand personnage ; mais son esprit revint bientôt à de plus sombres préoccupations, tant il est vrai que même la sollicitude d'un prince envers un républicain ne saurait libérer celui-ci des soucis qui assombrissent son esprit.

Le train arriva à Charing Cross, où les agents du fisc eurent les égards habituels pour les bagages du prince Florizel. Plusieurs équipages élégants attendaient les voyageurs. Silas fut conduit avec les autres à la résidence du prince. Là, le colonel Geraldine vint le trouver pour lui dire combien il avait été heureux de rendre service à un ami du docteur, pour qui il professait une grande considération.

« J'espère, ajouta-t-il, que votre porcelaine est intacte. Des ordres exprès ont été donnés, tout le long du trajet, pour qu'on manie les affaires du prince avec la plus grande précaution. »

Puis, après avoir commandé aux domestiques de mettre une voiture à la disposition du jeune homme, et de charger sans attendre la malle de Saratoga sur le siège du cocher, le colonel lui serra la main et prit congé de lui, alléguant ses obligations dans la maison du prince.

Silas brisa alors le sceau de l'enveloppe contenant l'adresse et ordonna à l'impressionnant valet de pied de le conduire à Box Court, sur le Strand. L'endroit, apparemment, n'était pas inconnu de notre homme, car il parut surpris et pria Silas de répéter l'adresse. C'est le cœur battant et plein d'appréhension que Silas monta dans la luxueuse voiture, pour se faire conduire à sa destination. L'entrée de Box Court était trop étroite pour le passage d'une voiture ; c'était une simple ruelle fermée par des grilles, défendue, à chaque extrémité, par une borne. Sur l'une de ces bornes un homme était assis, qui sauta à terre immédiatement et échangea un geste amical avec le conducteur, pendant que le valet de pied ouvrait la portière en demandant à Silas s'il fallait descendre la malle de Saratoga, et à quel numéro il fallait le porter.

« Oui, s'il vous plaît, dit Silas. Au numéro 3. »

Le valet et l'homme qui était assis sur la borne, malgré l'aide de Silas, eurent bien du mal à porter la malle. Avant même que celui-ci fût déposé devant la porte de la maison en question, Silas fut horrifié de constater qu'un groupe de flâneurs contemplait la scène. Il frappa néanmoins avec toute l'assurance dont il était capable, et remit l'autre enveloppe à la personne qui lui ouvrit.

« Il n'est pas là, l'informa-t-on, mais si vous voulez bien laisser votre lettre et revenir demain de bonne heure, je serai en mesure de vous dire s'il peut vous recevoir, et à quelle heure. Souhaitez-vous laisser votre malle ? ajouta-t-il.

— Certainement ! » s'écria Silas.

Il s'en voulut aussitôt d'avoir montré tant de précipitation, et déclara donc, avec une égale emphase, qu'il préférait repartir à son hôtel avec.

Son indécision provoqua les railleries des badauds, qui le suivirent jusqu'à la voiture avec force quolibets. Silas, plein de honte et de terreur, implora les domestiques de le mener quelque part dans les parages immédiats où il pourrait se distraire.

L'équipage du prince le déposa à l'hôtel Craven, dans Craven Street, et repartit immédiatement, le laissant seul avec les serviteurs de l'auberge. La seule chambre libre, semblait-il, était un minuscule réduit auquel on accédait par huit volées de marches, et qui donnait sur l'arrière. C'est dans ce logis monacal qu'au prix d'efforts et de protestations incessants, deux solides porteurs montèrent la malle de Saratoga. Inutile de préciser que Silas ne les quitta pas d'une semelle au cours de l'ascension, le cœur prêt à flancher à chaque tournant. Un seul faux pas, se disait-il, et la malle pouvait basculer par-dessus la rampe et répandre son fatal contenu, aux yeux de tous, sur le dallage de l'entrée.

Une fois dans sa chambre, il s'assit au bord du lit pour se remettre du supplice qu'il venait d'endurer ; mais à peine s'était-il installé qu'il fut rappelé au sens du danger qu'il courait en voyant un des porteurs, agenouillé près de la malle, entreprendre de défaire les nœuds et serrures qui la maintenaient fermée.

« Laissez cela ! s'exclama-t-il. Je n'en aurai pas besoin tant que je serai ici !

— Il fallait la laisser en bas, alors, grogna l'homme. C'est gros comme une église, et ça pèse bien autant. Je me demande ce qu'il y a là-dedans. Si c'est de l'argent, vous êtes plus riche que moi !

— De l'argent ! répéta Silas, soudain alarmé. Que me chantez-vous là ? Ne dites donc pas de sottises !

— Comme vous voudrez, patron, rétorqua le porteur en clignant de l'œil. Personne n'ira toucher à l'argent de Votre Altesse. Vous pouvez me faire confiance comme à votre banque, ajouta-t-il, mais vu le poids de la malle, je boirais bien volontiers un verre à la santé de Votre Altesse. »

Silas le persuada d'accepter deux napoléons, tout en s'excusant de l'embarrasser avec de l'argent étranger, et alléguant son arrivée récente. Et l'homme, grommelant de plus belle, regarda tour à tour, d'un air méprisant, le creux de sa main et la malle de Saratoga, et consentit enfin à se retirer.

Cela faisait presque deux jours que le cadavre était emballé dans la malle de Silas ; sitôt seul, l'infortuné jeune homme colla son nez à tous les interstices avec une extrême application. Mais comme il faisait froid, la malle gardait encore pour lui son scandaleux secret.

Il tira une chaise contre la malle, et enfouit son visage entre ses mains, l'esprit abîmé dans une profonde méditation. Si on ne l'en débarrassait pas bientôt, l'affaire ne manquerait pas d'être rapidement découverte. Seul dans une ville étrangère, sans amis ni complices, et à supposer que l'introduction du docteur ne soit pas bonne, c'en était indubitablement fait de notre jeune Américain. Il repensa, le cœur serré, à ses ambitieux projets d'avenir. Jamais il ne deviendrait la gloire de sa ville natale, Bangor, dans le Maine. Jamais, ainsi qu'il en avait caressé le rêve, il ne monterait les échelons, accumulant les honneurs ; autant renoncer tout de suite à l'espoir d'être acclamé président des États-Unis, de laisser sa statue, dans le style le plus abominable, pour orner le Capitole de Washington. Il était là, enchaîné à un Anglais mort, plié en deux dans une malle de Saratoga, dont il lui fallait se débarrasser, sous peine de disparaître corps et âme de la liste des célébrités de son pays !

Je n'oserais tenir la chronique des épithètes dont le jeune homme usa à l'égard du docteur, de la victime, de Mme Zéphyrine, du porteur de l'hôtel, des domestiques du prince, bref, de tous ceux qui étaient, de près ou de loin, liés à son épouvantable infortune.

Il descendit furtivement souper vers 7 heures ; mais la salle à manger jaune lui fit un effet affreux, les regards pleins de soupçon des autres convives semblaient ne pas le quitter, tandis que ses pensées étaient là-haut, avec la malle de Saratoga. Lorsque le serveur vint lui proposer du fromage, ses nerfs étaient tellement éprouvés qu'il bondit pratiquement de son siège, renversant le reste d'une pinte de bière sur la nappe.

Le serveur lui offrit de le faire passer au fumoir lorsqu'il eut fini. Et bien qu'il eût préféré retourner tout de suite auprès de son dangereux trésor, il n'eut pas le courage de refuser, et se laissa mener en bas, dans la cave sombre, éclairée au gaz, qui servait, et sert sans doute encore, de fumoir à l'hôtel Craven.

Deux hommes à l'air sinistre jouaient au billard pour de l'argent, sous l'œil humide d'un pointeur poitrinaire. Silas crut, à première vue, qu'il n'y avait qu'eux dans la pièce. Mais il remarqua tout de suite un homme à l'air tout à fait respectable et modeste, qui fumait, les yeux baissés, dans l'angle opposé. Il sut immédiatement que son visage ne lui était pas inconnu, et malgré ses habits complètement différents, il reconnut l'homme qu'il avait trouvé assis sur la borne à l'entrée de Box Court et qui l'avait aidé à charger et à décharger la malle. L'Américain tourna les talons et s'enfuit jusqu'à sa chambre, dont il referma la porte à clef derrière lui.

Là, pendant toute la nuit, en proie à un délire atroce, il veilla auprès de la fatale cargaison de chair morte. Ce que le porteur avait dit, à propos de l'argent que la malle contenait peut-être, lui inspirait toutes sortes de frayeurs nouvelles pour peu qu'il osât fermer l'œil un instant.

Et la présence, au fumoir, sous un déguisement manifeste, du flâneur de Box Court, le persuada qu'il était une fois encore la victime de ténébreuses machinations.

Minuit avait sonné depuis quelque temps déjà lorsque, poussé par un oppressant soupçon, Silas ouvrit la porte de sa chambre et inspecta le couloir. Il était éclairé par la faible lueur d'une unique lampe à gaz ; et à quelques pas, il aperçut un homme endormi sur le plancher, revêtu de l'habit d'un aide-serviteur de l'hôtel. Silas s'approcha sur la pointe des pieds. L'homme était étendu moitié sur le dos, moitié de côté, le visage masqué par son avant-bras droit. Soudain, alors que l'Américain était penché sur lui, le dormeur leva le bras et ouvrit les yeux. Silas se trouva de nouveau face à face avec le flâneur de Box Court.

« Bonsoir, monsieur », dit l'homme d'une voix aimable.

Mais Silas était trop saisi par la surprise pour répondre, et il regagna sa chambre sans rien dire.

Au petit matin, vaincu par l'angoisse, il s'assoupit sur sa chaise, la tête appuyée sur la malle. Malgré l'inconfort de sa position, et son sinistre oreiller, son sommeil était profond, et se prolongea. Il fut réveillé à une heure tardive par des coups frappés sèchement à la porte.

Il se précipita pour ouvrir, et trouva son porteur de la veille sur le pas de la porte.

« C'est vous qui êtes venu hier à Box Court ? » demanda celui-ci.

Silas, d'une voix tremblante, lui répondit par l'affirmative.

« Alors, ce billet est pour vous », ajouta le serviteur, en lui tendant une enveloppe scellée.

Silas l'ouvrit et y trouva ce mot : « Midi. »

Il fut exact au rendez-vous ; la malle fut transportée par plusieurs serviteurs robustes qui marchaient devant lui ; on le fit entrer dans une pièce où un homme se réchauffait, assis devant un feu, le dos à la porte. Le bruit des pas de tous ceux qui entrèrent et sortirent pas plus que celui de la malle qui racla sur le plancher nu lorsqu'on l'y déposa ne purent attirer son attention ; Silas attendit, au comble de la frayeur, qu'il daigne remarquer sa présence.

Au bout de cinq minutes peut-être, l'homme se retourna lentement, et Silas contempla les traits de Florizel, prince de Bohême.

« C'est ainsi, monsieur, dit celui-ci avec une extrême sévérité, que vous abusez de mon obligeance. Vous vous êtes joint à des personnes de condition, à ce que je vois, dans le seul but d'échapper aux conséquences de vos crimes ; je comprends bien votre embarras, lorsque je me suis adressé à vous hier.

— En vérité, s'écria Silas, je suis innocent de tout, sauf de mon infortune ! »

D'une voix précipitée, et avec toute la franchise dont il était capable, il conta au prince toute l'histoire de son malheur.

« Je constate que je me suis trompé, dit Son Altesse lorsqu'il eut tout entendu. Vous êtes simplement une victime, et puisque je n'ai pas de raison de vous punir, soyez assuré que je ferai mon possible pour vous aider. Et maintenant, poursuivit-il, passons aux choses sérieuses. Ouvrez votre malle sur-le-champ, et voyons ce qu'elle contient. »

Silas changea de couleur.

« J'ose à peine regarder, s'exclama-t-il.

— Allons donc, répondit le prince. Ne l'avez-vous déjà vu ? Il ne faut pas céder à ce genre de sentimentalité. Le spectacle d'un malade, qu'on peut encore secourir, devrait vous bouleverser davantage que celui d'un mort, qu'on ne peut plus ni aider ni blesser, aimer ou haïr. Un peu de courage, monsieur Scuddamore. » Et voyant que Silas hésitait encore : « Je ne souhaite pas donner un autre nom à ma requête », ajouta-t-il.

Le jeune Américain s'éveilla, comme d'un rêve, et, avec un frisson de dégoût, entreprit de défaire les sangles et d'ouvrir la serrure de la malle de Saratoga. Le prince était près de lui, regardant calmement, les mains derrière le dos. Le corps était complètement raide, et Silas eut toutes les peines du monde, moralement et physiquement, pour le changer de position, afin qu'on pût voir son visage.

Le prince Florizel fit un pas en arrière, avec un cri de douloureuse surprise.

« Hélas, vous ne vous doutez guère, monsieur Scuddamore, du cruel présent que vous m'avez apporté. C'est un jeune homme de ma suite, le frère de mon ami le plus sûr ; et c'est pour me servir qu'il a péri ainsi, entre des mains cruelles et perfides. Pauvre Geraldine, poursuivit-il, comme pour lui-même, comment t'annoncerai-je le sort de ton frère ? Comment me faire pardonner, à tes yeux, ou à ceux de Dieu, le projet présomptueux qui l'a conduit à cette mort sanglante et monstrueuse ? Ah, Florizel, Florizel, quand comprendras-tu l'humilité qui sied à toute condition mortelle ? Quand cesseras-tu de te laisser éblouir par l'image de la puissance que tu détiens ? Puissance ! s'écria-t-il, qui est plus impuissant que moi ? Je contemple ce jeune homme que j'ai sacrifié, monsieur Scuddamore, et je comprends comme c'est peu de chose que d'être prince ! »

Silas fut touché par son émotion. Il essaya de murmurer quelques mots de réconfort, et éclata en sanglots. Le prince, sensible à l'intention qu'il avait manifestée, s'approcha de lui et le prit par la main.

« Ressaisissez-vous, dit-il. Nous avons tous deux beaucoup à apprendre, et notre rencontre d'aujourd'hui fera de nous des hommes meilleurs. »

Silas le remercia en silence d'un regard affectueux.

« Écrivez l'adresse du docteur Noël sur ce bout de papier, reprit le prince, en l'entraînant vers la table, et laissez-moi vous recommander, lorsque vous retournerez à Paris, d'éviter la compagnie de cet homme dangereux. Il a agi, en l'occurrence, sur une généreuse inspiration ; il me faut l'admettre ; s'il avait été au courant de la mort du jeune Geraldine, il n'aurait jamais expédié le corps au véritable assassin.

— Le véritable assassin ? répéta Silas, abasourdi.

— En effet, répondit le prince. Cette lettre, que les soins de la Toute-Puissante Providence ont remise entre mes mains, n'était destinée à personne d'autre que l'assassin lui-même, le tristement célèbre président du Club du suicide. Ne cherchez pas à en apprendre davantage sur ces dangereuses affaires, estimez-vous heureux d'en être miraculeusement sorti, et quittez cette demeure sur-le-champ. J'ai à faire d'urgence et dois prendre des dispositions immédiates en ce qui concerne cette misérable argile, qui était hier encore un brave et beau jeune homme. »

Silas prit, avec gratitude et obéissance, congé du prince Florizel, mais s'attarda à Box Court le temps de voir le prince partir dans un magnifique équipage pour se rendre chez le colonel Henderson, de la police. Tout républicain qu'il fût, le jeune Américain ôta son chapeau dans un élan qui était presque de la dévotion tandis que la voiture s'éloignait. Le soir même, il prit le train pour retourner à Paris.

C'est ici (selon mon auteur arabe) que finit « L'Histoire du docteur et de la malle de Saratoga ». Je passe certaines réflexions sur le pouvoir de la Providence, qui sont hautement pertinentes dans l'original, mais ne correspondent guère au goût occidental, me contenant d'ajouter que M. Scuddamore a déjà commencé à gravir les échelons de la gloire politique. Selon les dernières informations, il est shérif de sa ville natale.

AVENTURE DU FIACRE

Le lieutenant Brackenbury Rich s'était couvert de gloire aux Indes, lors d'une des petites guerres dans les montagnes, en capturant personnellement le chef ennemi ; tout le monde avait applaudi à sa bravoure ; et lorsqu'il rentra au pays, très diminué à la suite d'un mauvais coup de sabre et d'une fièvre tropicale persistante, la société était prête à faire au lieutenant l'accueil qui convient aux célébrités mineures. Mais c'était quelqu'un de remarquable par sa modestie naturelle ; il était épris d'aventure, et faisait peu de cas de l'adulation ; il s'attarda donc dans plusieurs villes d'eaux à l'étranger, ainsi qu'à Alger, le temps que le bruit de ses exploits parvienne au terme des neuf jours de son espérance de vie, et commence à retomber. Il arriva finalement à Londres, au début de la saison, au milieu de l'indifférence qu'il souhaitait ; et comme il était orphelin et n'avait d'autre famille que des parents éloignés en province, ce fut presque en étranger qu'il s'installa dans la capitale du pays pour lequel il avait versé son sang.

Le lendemain de son arrivée, il alla dîner seul dans un cercle militaire. Il serra la main de quelques vieux compagnons d'armes et reçut leurs chaleureuses congratulations ; mais comme tous étaient pris ce soir-là, il se trouva entièrement livré à lui-même. Il était en habit, car il caressait le projet d'aller au théâtre. Hélas, la grande ville était nouvelle pour lui ; il avait quitté l'école du village pour entrer dans un collège militaire, puis, de là, était parti directement pour l'empire d'Orient. Il se promettait donc mille et un plaisirs dans cet univers qu'il se préparait à explorer. Balançant sa canne, il se dirigea vers l'ouest. La soirée était douce, déjà sombre, la pluie menaçait par instants. Les visages qui défilaient dans la lumière excitaient l'imagination du lieutenant ; il lui semblait qu'il pourrait marcher sans fin dans l'atmosphère stimulante de la ville, entouré du mystère de quatre millions d'existences impénétrables. Il contemplait les maisons, s'émerveillant à l'idée de ce qui pouvait bien se passer derrière ces fenêtres brillamment éclairées ; il scrutait les visages les uns après les autres, et chacun lui semblait absorbé dans quelque quête secrète, criminelle ou vertueuse.

« On parle de la guerre, songea-t-il, mais c'est ici que se livrent les batailles de l'humanité. »

Il s'étonna alors de pouvoir marcher si longtemps dans cet univers compliqué sans y rencontrer ne fût-ce que l'ombre d'une aventure.

« Chaque chose en son temps, se dit-il. Je suis encore un étranger, et cela se voit sans doute. Mais je serai bientôt entraîné dans le tourbillon. »

La nuit était déjà bien avancée quand une averse de pluie froide s'abattit soudain des ténèbres. Brackenbury s'abrita sous les arbres. C'est alors qu'il aperçut un cocher de fiacre qui lui faisait signe qu'il était libre. Cela lui parut une si heureuse coïncidence qu'il agita sa canne et se trouva bientôt confortablement installé à bord de cette gondole londonienne.

« Où allons-nous, monsieur ? demanda le cocher.

— Où vous voulez », répondit Brackenbury.

Aussitôt, avec une rapidité surprenante, le fiacre s'enfonça dans la pluie à travers un labyrinthe de maisons. Elles étaient toutes semblables, avec leur jardin par-devant, et, sous la clarté des lampadaires, les rues et les arcs de cercles déserts le long desquels le fiacre filait à belle allure se ressemblaient, si bien que Brackenbury perdit bientôt toute notion de la direction. Il aurait été tenté de croire que le cocher s'amusait à le faire tourner en rond dans les limites d'un petit quartier, mais il semblait y avoir, à tant de hâte, quelque raison qui le persuada du contraire. L'homme savait où il allait, il se hâtait vers un but précis ; et Brackenbury était à la fois étonné de le voir trouver son chemin dans un tel dédale et quelque peu inquiet à l'idée de ce qui pouvait justifier une telle précipitation. Il avait entendu parler d'étrangers qui avaient eu des mésaventures à Londres. Le cocher appartenait-il à quelque organisation sanguinaire et perfide ? Était-il en train de l'emporter à toute allure vers une mort cruelle ?

À peine cette idée s'était-elle présentée à son esprit que le fiacre prit un tournant brusque, puis s'arrêta devant un portail qui donnait accès au jardin d'une maison située dans une rue large et longue. La maison était brillamment éclairée. Un autre fiacre s'éloignait au même moment. Brackenbury vit un homme entrer, accueilli par plusieurs serviteurs en livrée. Il fut surpris que le cocher se soit si spontanément arrêté devant une maison où avait lieu une réception ; mais il ne douta pas que ce fût là une simple méprise et il demeurait assis en fumant, lorsque la trappe s'ouvrit au-dessus de sa tête.

« Nous sommes arrivés, monsieur, dit le cocher.

— Arrivés ? répéta Brackenbury. Où cela ?

— Vous m'avez demandé de vous conduire où je voulais, monsieur, répondit le cocher en riant. Nous y sommes. »

Brackenbury fut frappé par le ton extraordinairement affable et courtois avec lequel cet homme de position inférieure s'adressait à lui ; il songea à la rapidité avec laquelle il avait été conduit. Et il remarqua pour la première fois que le fiacre était aménagé de façon plus luxueuse que ceux que l'on utilise d'ordinaire pour transporter les gens.

« Voilà qui exige une explication, déclara-t-il. Avez-vous l'intention de me laisser ici sous la pluie ? Il me semble, mon brave, que c'est à moi d'en décider.

— C'est à vous, en effet, répondit le cocher, mais lorsque je vous aurai tout dit, je crois savoir quelle sera votre décision, car vous m'avez tout l'air d'un gentleman. Il y a un monsieur qui donne une réception dans cette maison. J'ignore s'il s'agit d'un étranger à cette ville, qui ne connaît personne ; ou s'il s'agit d'un excentrique. Ce que je sais, c'est qu'on me paye pour enlever les gentlemen qui se promènent seuls en habit, autant que je veux, des officiers de préférence. Il vous suffit d'entrer et de dire que c'est M. Morris qui vous a invité.

— Vous êtes M. Morris ? s'enquit le lieutenant.

— Oh, non ! répondit le cocher. M. Morris est le monsieur qui habite ici.

— Voilà une façon singulière de se trouver de la compagnie, observa Brackenbury, mais on peut être excentrique et faire selon son caprice sans mauvaises intentions. Supposons cependant que je décline l'invitation de M. Morris, poursuivit-il, que se passera-t-il ?

— Mes ordres sont de vous ramener là où je vous ai trouvé, et de repartir à la recherche d'autres invités jusqu'à minuit. Ceux qui n'ont pas le goût de ce genre d'aventure, a dit M. Morris, ne sont pas dignes d'être ses invités. »

Ces paroles décidèrent immédiatement le lieutenant.

« Après tout, dit-il en descendant du fiacre, je n'aurai pas attendu longtemps mon aventure. »

Il avait à peine posé le pied sur le trottoir, et cherchait encore dans sa poche de quoi payer la course, que le fiacre fit demi-tour et repartit à la même allure folle. Brackenbury rappela le cocher, qui ignora ses cris, et continua à s'éloigner ; mais on avait entendu ses appels à l'intérieur de la maison. La porte s'ouvrit de nouveau, inondant le jardin d'un flot de lumière, et un domestique accourut à sa rencontre muni d'un parapluie.

« Le cocher est payé », observa-t-il d'un ton fort civil.

Il précéda Brackenbury à travers le jardin, puis jusqu'en haut des marches. Dans le vestibule, plusieurs autres domestiques le débarrassèrent de son chapeau, de sa canne et de son manteau, lui donnèrent un ticket numéroté en échange, puis l'entraînèrent avec un empressement poli dans un escalier orné de fleurs tropicales, jusqu'à la porte d'un appartement au premier étage. Là, un majordome solennel lui demanda son nom et le fit entrer au salon.

Un jeune homme mince et d'une singulière beauté s'avança et l'accueillit avec un mélange de courtoisie et d'affection. Des centaines de chandelles, confectionnées avec une cire extrêmement raffinée, éclairaient une pièce emplie, comme la cage d'escalier, du parfum dispensé par une profusion de plantes rares en pleine floraison. Sur une desserte étaient amoncelés des plats appétissants. Plusieurs domestiques allaient et venaient, chargés de fruits et de coupes de champagne. Il y avait là peut-être une bonne quinzaine de convives, tous de sexe masculin et ayant passé la première jeunesse et, presque sans exception, à l'air fringant et expérimenté. Ils étaient séparés en deux groupes : certains étaient à la roulette, les autres autour d'une table où l'un d'eux tenait la banque au baccara.

« Je comprends, songea Brackenbury, je suis dans un salon de jeu privé, et mon cocher sert de rabatteur. »

Tandis que d'un coup d'œil il enregistrait tous ces détails, et que son esprit en tirait les conclusions qui s'imposaient, son hôte le tenait encore par la main ; et c'est vers lui que son regard se tourna de nouveau une fois achevée sa rapide exploration. Au second examen, M. Morris le surprit encore davantage qu'à première vue. L'élégance aisée de ses manières, la distinction, l'affabilité et le courage qui se lisaient sur son visage cadraient fort mal avec l'idée que le lieutenant se faisait du propriétaire d'un tel lieu de perdition ; quant à sa façon de s'exprimer, elle indiquait un être supérieur tant par la position que par le mérite. Brackenbury éprouva une sympathie instinctive pour son hôte ; et il avait beau s'en vouloir de cette faiblesse, il était incapable de résister à l'attirance amicale qu'exerçaient sur lui la personne et le caractère de M. Morris.

« On m'a parlé de vous, lieutenant Rich, dit M. Morris en baissant la voix, et croyez que je suis flatté de faire votre connaissance. Votre allure correspond à la réputation qui a précédé votre retour des Indes. Et si vous voulez bien oublier un instant la façon peu orthodoxe dont on vous a introduit dans ma maison, je m'en tiendrai non seulement honoré, mais véritablement charmé au surplus. Un homme qui ne fait qu'une bouchée de ces cavaliers barbares, ajouta-t-il en riant, ne saurait s'alarmer d'une entorse à l'étiquette, si grave soit-elle. »

Sur ce il l'entraîna vers la desserte et le convia à se restaurer.

« Ma parole, se dit le lieutenant, voilà bien l'un des êtres les plus plaisants, et, sans aucun doute, l'une des sociétés les plus agréables de Londres. »

Il prit un peu de champagne, qu'il trouva excellent ; puis, constatant qu'il y avait un certain nombre de fumeurs, alluma un de ses propres manilles et s'approcha lentement de la roulette où, tout en misant de temps en temps, il s'amusa à observer les caprices de la fortune des autres joueurs. Tandis qu'il flânait ainsi, il se rendit compte que tous les invités étaient l'objet d'une observation étroite. M. Morris allait de l'un à l'autre, apparemment occupé par les devoirs de l'hospitalité ; mais il ne relâchait jamais sa vigilance ; aucun membre de la compagnie n'échappait à son œil vif et inquisiteur ; il prenait note du comportement de ceux qui perdaient gros, appréciait le montant des mises, s'arrêtait derrière les groupes en conversation ; en un mot, il n'y avait aucun trait du moindre de ses invités qu'il ne parût remarquer et enregistrer. Brackenbury finit par se demander s'il se trouvait vraiment dans un tripot : tout cela lui évoquait plutôt quelque enquête privée. Il ne perdait aucun des mouvements de M. Morris. Et bien que ce dernier se montrât toujours souriant, il crut déceler, sous ce qui lui paraissait être un masque, un esprit hanté, accablé de soucis, préoccupé. Autour de lui chacun riait et faisait ses jeux ; mais Brackenbury ne prêtait plus aucune attention aux invités.

« Ce Morris, se dit-il, n'est pas là pour son plaisir. Il semble poursuivre un dessein secret ; j'en aurai le cœur net. »

De temps à autre, M. Morris prenait l'un de ses visiteurs à part ; et après un bref échange dans une antichambre, il s'en revenait seul, et on ne revoyait plus le visiteur en question de toute la soirée. Au bout d'un certain nombre de répétitions, ce manège excita au plus haut degré la curiosité de Brackenbury. Il se jura de parvenir au cœur de ce petit mystère sur-le-champ ; il entra d'un pas nonchalant dans l'antichambre et repéra une fenêtre dont l'embrasure profonde était dissimulée par des rideaux du vert à la mode. Il s'y enfonça rapidement et n'eut pas longtemps à attendre avant de percevoir un bruit de pas et des voix qui approchaient en provenance de la pièce principale. Il jeta un coup d'œil entre les rideaux et vit M. Morris en compagnie d'un personnage corpulent et rougeaud, qui avait un peu l'allure d'un voyageur de commerce ; Brackenbury l'avait déjà remarqué à cause de son rire bruyant et de ses mauvaises manières à table. Les deux hommes s'arrêtèrent juste devant la fenêtre, si bien que Brackenbury ne perdit pas un mot de la conversation qui suivit.

« Je vous demande mille pardons, commença M. Morris le plus gracieusement du monde, et si je vous parais impoli, je suis certain que vous voudrez bien me pardonner. Dans un endroit comme Londres les accidents sont inévitables ; et le mieux que l'on puisse espérer, c'est d'y remédier dans les meilleurs délais. Je ne saurais vous cacher que vous vous êtes mépris, je le crains, et que c'est par inadvertance que vous avez honoré mon humble demeure de votre présence ; car, pour tout vous dire, je n'ai pas souvenir de vous avoir rencontré auparavant. Je vous demanderai donc, sans plus de précautions oratoires — entre gens d'honneur un mot suffira —, chez qui croyez-vous être ?

— Chez M. Morris », répondit l'autre, le visage empreint d'une profonde confusion qui n'avait cessé d'augmenter tandis que son hôte disait ces derniers mots.

« M. John, ou James Morris ? s'enquit son hôte.

— Je ne saurais dire, en vérité, répondit le malheureux invité. Je ne connais pas ce monsieur personnellement, pas davantage que je ne vous connais.

— Je comprends, dit M. Morris. Il y a un autre monsieur du même nom plus loin dans la rue ; et je ne doute pas que l'agent de police ne puisse vous indiquer à quel numéro. Croyez que je me félicite de ce malentendu qui m'a valu le plaisir de votre compagnie pendant si longtemps ; et permettez-moi d'ajouter que j'espère vous revoir plus régulièrement. Pour le moment, je ne voudrais pour rien au monde vous empêcher plus longtemps d'aller rejoindre vos amis. John, ajouta-t-il en haussant la voix, veuillez vous assurer que monsieur retrouve son manteau. »

Et avec de grandes démonstrations d'amabilité, M. Morris escorta son visiteur jusqu'à la porte de l'antichambre, où il le confia aux soins du majordome. Comme il passait devant la fenêtre, en revenant vers le salon, Brackenbury l'entendit pousser un profond soupir, comme s'il avait l'esprit accablé par quelque lourde inquiétude, et les nerfs déjà éprouvés par la tâche qu'il avait entreprise.

Pendant une heure encore, peut-être, les fiacres continuèrent d'arriver à un tel rythme que M. Morris devait accueillir un hôte nouveau à chaque fois qu'il en éconduisait un, si bien que le nombre des invités ne diminuait pas. Mais, au bout de ce temps, les arrivées se firent plus rares et espacées, pour enfin cesser complètement, tandis que le processus d'élimination se poursuivait à la même cadence. Le salon commença à paraître désert ; faute de banquier, la partie de baccara s'interrompit ; certains prirent congé de leur propre chef, et purent s'en aller sans qu'on cherchât à les retenir ; pendant ce temps, M. Morris redoublait d'attentions aimables envers ceux qui restaient. Il allait d'un groupe à l'autre, d'un invité à l'autre, avec d'inépuisables expressions de sympathie et toujours un commentaire pertinent et agréable ; il ne se comportait pas tant comme un hôte que comme une hôtesse, et il y avait, dans ses manières, une coquetterie et une affabilité féminines, qui charmaient tout un chacun.

Tandis que le nombre des invités continuait à décroître, le lieutenant Rich quitta le salon pour le vestibule, en quête d'air frais. Mais il n'avait pas plus tôt franchi le seuil de l'antichambre qu'il fit une découverte dont le caractère surprenant l'arrêta sur-le-champ. Les plantes en fleurs avaient disparu de l'escalier ; trois gros fourgons de déménagement étaient arrêtés devant le portail du jardin ; de tous côtés les domestiques s'activaient à démonter la maison ; et certains avaient déjà mis leurs manteaux et s'apprêtaient à partir. C'était comme la fin d'un bal champêtre, où tout est fourni sur commande. Brackenbury trouva certes là matière à penser. D'abord les hôtes, qui n'en étaient pas vraiment, avaient été congédiés ; et à présent, les domestiques, qui n'en étaient sûrement pas non plus, s'empressaient de s'égailler.

« Cet endroit n'était-il donc qu'un simple décor, se demanda-t-il, rien qu'un champignon né de la nuit et disparu avant le matin ? »

Guettant une occasion propice, Brackenbury se précipita par l'escalier vers les étages supérieurs de la maison. C'était comme il s'y attendait : courant de pièce en pièce, il ne vit pas le moindre meuble, pas le moindre tableau sur les murs. Bien que la maison ait été peinte et tapissée de papier, elle était non seulement inhabitée pour le moment, mais ne l'avait de toute évidence jamais été. Le jeune officier se rappela avec étonnement l'air de confort et d'hospitalité trompeur qu'elle arborait lors de son arrivée. L'imposture, pour atteindre un tel degré, avait dû coûter une fortune.

Qui donc était M. Morris ? Dans quel dessein jouait-il au propriétaire d'une nuit dans ce quartier écarté de l'Ouest londonien ? Et pourquoi ramassait-il ses visiteurs au hasard dans les rues ?

Brackenbury songea soudain qu'il n'avait que trop tardé, et se hâta de rejoindre la compagnie. Plusieurs étaient partis durant son absence ; en comptant le lieutenant et son hôte, il n'y avait pas plus de cinq personnes dans le salon, qui était encore bondé quelques instants auparavant. M. Morris l'accueillit, lorsqu'il entra, avec le sourire et se leva immédiatement.

« Messieurs, il est temps à présent, déclara-t-il, de vous expliquer dans quel but je vous ai détournés de vos distractions. J'ose croire que cette soirée ne vous a pas trop pesé ; mon but, je vous l'avoue, n'était cependant pas de meubler vos loisirs, mais de me tirer d'une situation fâcheuse. Vous êtes tous des gentlemen, poursuivit-il, ainsi que l'indique assez votre apparence, et je n'en veux pas d'autre preuve. C'est pourquoi, pour ne vous rien cacher, je vous demande de me rendre un service dangereux et délicat ; dangereux parce que vous pouvez y perdre la vie, et délicat parce que je vous demanderai de ne rien révéler de tout ce que vous verrez ou entendrez. Venant de quelqu'un qui vous est totalement inconnu, une telle requête est d'une extravagance qui doit vous paraître presque comique ; j'en suis bien conscient ; et j'ajouterai sans attendre que s'il y en a parmi vous qui estiment en avoir assez entendu, s'il en est qui reculent devant un périlleux secret, ainsi que devant un engagement donquichottesque envers quelqu'un qu'ils ne connaissent pas, je leur tends la main, prêt à leur souhaiter bonne nuit et bonne chance du fond du cœur. »

Un homme brun et de haute taille, le dos courbé, répondit immédiatement à son appel.

« J'apprécie votre franchise, monsieur, dit-il ; pour ma part, je m'en vais. Je ne ferai aucun commentaire ; mais je ne puis nier que vous m'inspirez mille soupçons. Je pars de mon propre chef, disais-je ; et peut-être pensez-vous que mon geste m'interdit d'ajouter quoi que ce soit ?

— Au contraire, répondit M. Morris, je vous suis reconnaissant de vos paroles. Je ne saurais pour rien au monde exagérer la gravité de mon offre.

— Eh bien, messieurs, qu'en dites-vous ? dit le grand homme en s'adressant aux autres. Nous avons eu notre content de distraction pour la soirée. Je vous suggère de nous en aller tous ensemble. Vous me rendrez grâce de cette suggestion demain matin, en voyant le soleil se lever en toute innocence, et sains et saufs. »

L'orateur prononça ces derniers mots sur un ton qui ne fit qu'ajouter à leur poids ; et son visage arborait une expression singulière, pleine de gravité et de sens. Un autre invité s'empressa de se lever et, l'air quelque peu alarmé, se prépara à prendre congé. Deux d'entre eux seulement demeurèrent fermes : Brackenbury et un vieux chef d'escadrons au nez rouge ; tous les deux gardèrent une allure nonchalante et, à l'exception d'un regard d'intelligence qu'ils échangèrent rapidement, ne semblaient nullement concernés par la discussion qui venait de s'achever.

M. Morris reconduisit les déserteurs jusqu'à la porte, qu'il ferma aussitôt ; puis il se retourna, montrant un visage où se mêlaient le soulagement et l'excitation, puis tint aux deux officiers le discours suivant :

« J'ai choisi mes hommes comme Josué dans la Bible, dit-il, et je crois avoir trouvé ce qu'il y a de meilleur à Londres. Votre apparence a plu à mes cochers ; elle m'a enchanté à mon tour ; j'ai observé votre comportement au sein d'une compagnie inconnue, et dans les circonstances les plus inhabituelles : j'ai vu comment vous jouiez, et comment vous avez supporté vos pertes ; enfin, je vous ai soumis à l'épreuve d'une communication des plus solennelles, que vous avez reçue sans plus d'émoi que s'il se fût agi d'une invitation à dîner. Ce n'est pas pour rien, s'écria-t-il, que je suis depuis des années le compagnon et le disciple du prince le plus courageux et le plus sage d'Europe.

— Lors de l'affaire de Bunderchang, observa le chef d'escadrons, j'ai demandé douze volontaires, et tous les hommes de ma troupe ont répondu présent à mon appel. Mais un groupe de joueurs n'a rien à voir avec un régiment au feu. Vous êtes heureux, je suppose, d'avoir trouvé deux volontaires qui ne vous feront pas défaut au moment crucial. En ce qui concerne les deux hommes qui se sont dérobés, je les tiens pour les deux plus méprisables chiens que j'aie jamais rencontrés. Lieutenant Rich, ajouta-t-il, en s'adressant au lieutenant Brackenbury, j'ai beaucoup entendu parler de vous récemment ; et je ne doute pas que vous ayez également entendu parler de moi. Je suis le major O'Rooke. »

Ayant dit cela, le vétéran tendit au jeune lieutenant une main rouge et tremblante.

« Comme tout le monde, répondit Brackenbury.

— Lorsque notre petite affaire sera réglée, dit M. Morris, vous vous estimerez assez récompensés ; car je ne saurais faire à l'un de vous plus insigne faveur que de lui faire faire la connaissance de l'autre.

— Et maintenant, dit le major O'Rooke, s'agit-il d'un duel ?

— En quelque sorte, répondit M. Morris. Un duel qui vous opposera à des ennemis inconnus, dangereux, et, j'en ai infiniment peur, d'un duel à mort. Je dois vous prier, reprit-il, de ne plus m'appeler M. Morris ; appelez-moi, s'il vous plaît, Hammersmith ; quant à mon nom véritable, ainsi que celui d'une autre personne à qui je vous présenterai bientôt, vous m'obligerez en n'exigeant pas que je vous les révèle, et en ne tentant pas de les découvrir par vous-même. Il y a trois jours, l'homme dont je vous parle a disparu subitement de son domicile ; et depuis lors, je n'ai pas la moindre nouvelle de lui. Vous comprendrez mon inquiétude lorsque je vous aurai dit qu'il s'est lancé dans une entreprise de justice privée. Lié par un serment malencontreux, prêté à la légère, il se trouve dans l'obligation, sans l'aide de la loi, de débarrasser la terre d'un scélérat perfide et sanguinaire. Deux de nos amis, dont mon propre frère, ont déjà péri dans cette entreprise. Lui-même, si je ne me trompe, est tombé dans le même piège fatal. Du moins vit-il encore, et espère-t-il encore, ainsi que ce billet le prouve assez. »

L'orateur, qui n'était autre que le colonel Geraldine, montra une lettre ainsi rédigée :

Major Hammersmith,

Mercredi prochain, à 3 heures du matin, vous serez introduit par la petite porte dans le jardin de Rochester House, à Regent's Park, par un homme qui m'est entièrement dévoué. Je vous prie instamment de ne pas être en retard d'une seconde. Apportez s'il vous plaît ma boîte à épées et, si vous les trouvez, un ou deux gentilshommes de confiance qui ne me connaissent pas. Mon nom ne doit pas être prononcé dans cette affaire.

T. GODALL.

« Sa seule sagesse, s'il n'avait d'autre titre », poursuivit le colonel Geraldine lorsque les autres eurent satisfait leur curiosité chacun à son tour, « suffit à indiquer que les instructions de mon ami doivent être suivies sans le moindre commentaire. Inutile de vous dire, dans ces conditions, que je n'ai pas même fait de reconnaissance dans les parages de Rochester House ; et que je suis toujours dans la même et complète ignorance que vous au sujet du dilemme où se trouve mon ami. Je me suis rendu, sitôt cet ordre reçu, chez un fabricant de meubles et, en quelques heures, la maison où nous nous trouvons à présent avait revêtu l'air de fête que vous lui avez vu. Mon plan avait au moins le mérite d'être original ; et je suis loin de regretter un choix qui m'a procuré les services du major O'Rooke et du lieutenant Brackenbury Rich. Cela dit, les domestiques de la rue auront un bien étrange réveil. Cette maison qui, ce soir, était pleine de lumières et de visiteurs, sera vide et à vendre demain matin. Comme quoi les entreprises les plus graves, ajouta le colonel, ont un côté heureux.

— Et, ajouterons-nous, une fin heureuse. »

Le colonel consulta sa montre.

« Il est presque 2 heures, dit-il. Nous avons une heure devant nous, et un fiacre rapide nous attend à la porte. Dites-moi si je puis compter sur votre aide.

— Au cours de ma longue existence, répondit le major O'Rooke, je n'ai jamais repris ma parole, ni même reculé devant un pari. »

Brackenbury exprima sa détermination en des termes tout à fait appropriés. Ils burent un ou deux verres de vin, le colonel leur remit à chacun un pistolet chargé, puis les trois hommes montèrent dans le fiacre, et partirent pour l'adresse en question.

Rochester House était une somptueuse résidence située sur les berges du canal. Un jardin immense, qui ressemblait au *parc aux cerfs** de quelque grand seigneur, ou millionnaire, la préservait admirablement des inconvénients du voisinage. Autant qu'on put en juger de la rue, il n'y avait pas la moindre lumière à aucune des nombreuses fenêtres de la demeure ; et l'endroit avait un air assez négligé, comme si le maître des lieux était absent de chez lui depuis longtemps.

Les trois gentilshommes descendirent du fiacre et ne furent pas longs à trouver la petite porte, qui était une espèce de poterne donnant sur une sente, entre deux jardins ceints de murs. Il restait encore dix ou quinze minutes avant l'heure fixée ; la pluie tombait à verse, et nos aventuriers s'abritèrent sous un lierre en surplomb, tout en s'entretenant à voix basse de l'épreuve qui les attendait.

Soudain Geraldine leva le doigt pour imposer le silence, et tous trois tendirent l'oreille, guettant le moindre bruit. Malgré la pluie, les pas et les voix de deux hommes leur parvinrent, de l'autre côté du mur ; et, à mesure qu'ils approchaient, Brackenbury, qui avait l'ouïe remarquablement fine, put même saisir des bribes de leur conversation.

« La tombe est-elle creusée ? demanda l'un d'eux.

— Oui, répondit l'autre, derrière la haie de lauriers. Une fois finie la besogne, on la recouvrira d'un tas de fagots. »

Le premier éclata de rire, et sa joie bruyante scandalisa ceux qui l'écoutaient de l'autre côté.

« Il reste une heure », dit-il.

Au bruit de leurs pas, il parut qu'ils s'étaient séparés et s'en allaient dans des directions opposées.

Presque aussitôt, la poterne s'ouvrit, un visage pâle se montra dans la sente, et une main fit signe aux guetteurs. Dans un silence absolu, tous trois franchirent la porte, qui fut immédiatement verrouillée derrière eux. Ils suivirent leur guide par plusieurs allées, jusqu'à l'entrée de service. Une unique chandelle brûlait dans la grande pièce dallée, qui était vide du mobilier habituel ; et alors que le petit groupe quittait la cuisine par l'escalier, une prodigieuse cavalcade de rats témoigna de façon encore plus évidente de l'état d'abandon de la maison.

Le guide marchait devant, portant la chandelle. C'était un homme très mince et voûté, mais encore agile ; de temps en temps il se retournait pour leur recommander le silence et la prudence d'un geste. Le colonel Geraldine venait juste derrière lui, portant la boîte à épées sous un bras, pendant que son autre main tenait un pistolet armé. Le cœur de Brackenbury battait à tout rompre : ils n'avaient pas de retard, mais, d'après l'allure pressée du vieil homme, il comprit que le moment de l'action était proche ; de plus, les circonstances de cette aventure étaient si mystérieuses et chargées de menace, l'endroit paraissait si bien choisi pour l'accomplissement des desseins les plus noirs, qu'un homme plus âgé que Brackenbury eût été pardonnable de s'émouvoir quelque peu tandis qu'il fermait la marche dans l'escalier en colimaçon.

Une fois en haut, le guide ouvrit une porte et fit entrer les trois officiers devant lui dans une petite pièce éclairée par une lampe qui fumait, ainsi que par la lueur d'une modeste flambée. Au coin de la cheminée était assis un homme très jeune, d'un aspect robuste mais distingué et empreint d'autorité. Son attitude et son expression dénotaient une parfaite maîtrise de soi ; il fumait un petit cigare, lentement et avec délectation ; sur une table à côté de lui était posé un grand verre plein d'un breuvage pétillant qui répandait une odeur agréable dans toute la pièce.

« Soyez les bienvenus, dit-il en tendant la main au colonel Geraldine. Je savais que je pouvais compter sur votre exactitude.

— Et sur mon dévouement, répondit le colonel Geraldine, en s'inclinant.

— Présentez-moi vos deux amis », continua le premier.

Lorsque cette cérémonie fut terminée, il ajouta :

« Messieurs, j'aimerais vous offrir un programme plus réjouissant ; il est peu élégant d'inaugurer des relations par une affaire grave ; mais l'urgence des événements est plus forte que les exigences de la bonne compagnie. J'espère et je crois que vous me pardonnerez cette désagréable soirée ; pour des hommes de votre trempe, il suffira de savoir que vous rendez un service considérable.

— Que Votre Altesse pardonne ma franchise, dit le major, mais je suis incapable de taire ce que je sais. Il y a un moment que j'ai des doutes au sujet du major Hammersmith, mais on ne peut se tromper sur le compte de M. Godall. Rechercher deux hommes, dans tout Londres, qui ne connaîtraient pas le prince Florizel de Bohême, c'était trop exiger de la Fortune !

— Le prince Florizel ! » s'écria Brackenbury, ébahi.

Il contempla avec une immense curiosité les traits du célèbre personnage qui se trouvait devant lui.

« Je ne déplorerai pas la perte de mon incognito, observa le prince, car je puis ainsi vous remercier avec d'autant plus d'autorité. Vous en auriez fait autant pour M. Godall, j'en suis certain, mais le prince peut peut-être davantage pour vous. C'est moi qui suis gagnant », ajouta-t-il avec un geste courtois.

L'instant d'après, il s'entretenait avec les deux officiers de l'armée des Indes et des troupes indigènes, sujet sur lequel, comme sur tous les autres, il était remarquablement informé, et professait des opinions fort sensées.

Il y avait, dans l'attitude de cet homme qui se préparait à affronter un péril mortel, quelque chose de si impressionnant que Brackenbury fut envahi par une respectueuse admiration ; et il n'était pas moins sensible au charme de sa conversation et à l'amabilité de ses propos. Chaque geste, chaque intonation n'était pas seulement empreinte de noblesse, mais semblait anoblir l'heureux mortel à qui ils étaient destinés ; et Brackenbury s'avoua avec enthousiasme qu'il se trouvait devant un souverain pour qui un homme courageux pouvait avec reconnaissance donner sa vie.

Un long moment s'écoula ainsi, au bout duquel l'homme qui les avait introduits dans la maison, et qui était resté assis dans un coin, la montre à la main, se leva et murmura un mot à l'oreille du prince.

« Fort bien, docteur Noël, répondit le prince Florizel. Vous me pardonnerez, messieurs, de vous laisser dans l'obscurité. Le moment approche. »

Le docteur Noël éteignit la lampe. Une faible lueur, grise, annonciatrice de l'aube, illumina la fenêtre, mais pas assez vivement pour éclairer la pièce ; et lorsque le prince se leva, il était impossible de distinguer ses traits, ni de deviner la nature de l'émotion qui l'étreignait tandis qu'il parlait. Il se dirigea vers la porte et se plaça d'un côté, dans l'attitude d'un homme qui se tient prêt à passer à l'action.

« Ayez l'amabilité, dit-il, d'observer le plus grand silence et de vous dissimuler dans la partie la plus obscure de la pièce. »

Les trois officiers et le docteur s'empressèrent d'obéir. Pendant près de dix minutes, il n'y eut d'autre bruit, dans Rochester House, que la course des rats derrière les boiseries. Enfin une charnière grinça, rompant brusquement et distinctement le silence. Peu de temps après, les guetteurs entendirent des pas lents et prudents approcher dans l'escalier de la cuisine. Toutes les deux marches, l'intrus semblait s'arrêter et tendre l'oreille, et à chacun de ces intervalles, qui semblait durer une éternité, un malaise croissant s'emparait des guetteurs. Le docteur Noël, bien qu'habitué aux émotions dangereuses, était dans un état de prostration physique qui faisait presque peine à voir ; sa respiration sifflait dans ses poumons, ses dents grinçaient et ses articulations craquaient quand il changeait nerveusement de position.

Enfin une main se posa sur la porte et le verrou fut tiré, avec un léger bruit. Il y eut un autre silence, au cours duquel Brackenbury vit le prince se ramasser sur lui-même, comme pour se préparer à un effort prodigieux. La porte s'ouvrit alors, laissant pénétrer un peu plus de lumière matinale ; et la silhouette d'un homme apparut sur le seuil, où elle s'immobilisa. L'homme était de haute taille, et tenait un couteau à la main. Malgré la pénombre, ils virent ses dents briller sous sa lèvre supérieure retroussée, car il avait la bouche ouverte, comme un chien prêt à bondir. De toute évidence, l'individu avait été complètement plongé dans l'eau quelques minutes à peine auparavant ; car, alors même qu'il était là, les gouttes continuaient à tomber de ses vêtements trempés, en crépitant sur le plancher.

L'instant d'après, il franchit le seuil. Quelqu'un bondit, il y eut un cri étouffé, une lutte immédiate ; et, avant que le colonel Geraldine ait pu se précipiter à son aide, le prince tenait l'homme, désarmé et impuissant, par les épaules.

« Docteur Noël, dit-il, ayez l'amabilité de rallumer la lampe. »

Sur ce, laissant à Geraldine et à Brackenbury la charge de son prisonnier, il traversa la pièce, et alla s'adosser à la cheminée. Sitôt que la lampe fut rallumée, tous observèrent, sur le visage du prince, une gravité inhabituelle. Ce n'était plus Florizel, le gentilhomme insouciant ; c'était le prince de Bohême, plein d'un juste courroux et d'une implacable détermination, qui levait à présent la tête pour s'adresser à son prisonnier, le président du Club du suicide.

« Président, dit-il, vous venez de tendre votre dernier piège, et ce sont vos propres pieds qui s'y sont pris. Le jour se lève sur votre dernier matin. Vous venez de traverser à la nage le canal du Régent ; c'était là votre dernier bain sur cette terre. Votre vieux complice, le docteur Noël, loin de me trahir, vous a livré entre mes mains, afin que je vous juge. Et la tombe que vous avez creusée pour moi cette après-midi servira, si la toute-puissante Providence de Dieu le veut ainsi, à dissimuler votre juste châtiment à la curiosité des hommes. À genoux, et priez, monsieur, si vous en avez le désir ; car il vous reste peu de temps, et Dieu est las de vos crimes. »

Le président ne répondit pas davantage par le geste que par la parole ; il restait la tête baissée, contemplant sombrement le plancher, comme s'il sentait sur lui le regard prolongé et inflexible du prince.

« Messieurs », poursuivit celui-ci, reprenant le ton de la conversation ordinaire, « voici un individu qui m'a longtemps échappé mais que je tiens, grâce au docteur Noël, cette fois pour de bon. Le récit de ses crimes prendrait plus de temps que nous n'en avons ; mais si le canal n'avait été empli que du sang de ses victimes, je crois que ce misérable ne serait pas plus sec qu'il ne l'est actuellement. Même dans une affaire comme celle-ci, je tiens à conserver les formes de l'honneur. Mais je vous prends à témoin, messieurs, qu'il s'agit davantage d'une exécution que d'un duel, et ce serait montrer trop de scrupule en matière d'étiquette que de donner à cette canaille le choix des armes. Je ne puis me permettre de perdre la vie dans une telle affaire, poursuivit-il, en ouvrant la boîte d'épées ; et comme une balle de pistolet est souvent portée par les ailes du hasard, et que l'adresse et le courage peuvent échouer face à un tireur à la main tremblante, j'ai décidé, et je suis certain que vous approuverez ma résolution, de soumettre cette question à la pointe de l'épée. »

Brackenbury et le major O'Rooke, à qui s'adressaient ces remarques en particulier, ayant chacun signifié son approbation, le prince Florizel ajouta, à l'intention du président :

« Allons, monsieur, choisissez vite une lame sans plus me faire attendre ; j'ai quelque impatience d'en avoir fini avec vous une bonne fois pour toutes. »

Pour la première fois depuis qu'il avait été capturé et désarmé, le président releva la tête ;

il était évident qu'il avait décidé de rappeler à lui tout son courage.

« Il s'agit donc d'un duel dans les règles ? demanda-t-il avec avidité ; juste vous et moi ?

— J'irai jusqu'à vous faire cet honneur, répondit le prince.

— Voyons, s'écria le président, toutes choses étant égales, qui peut prédire l'issue ? Je dois ajouter que je trouve cela fort élégant de la part de Votre Altesse ; et si le pire échoit au pire de nous deux, je mourrai de la main du plus brave gentilhomme d'Europe. »

Alors le président, libéré par ceux qui le détenaient, s'avança vers la table et, avec une attention minutieuse, se choisit une épée. Il exultait littéralement, et semblait penser que sans nul doute il allait sortir vainqueur de la lutte. Les spectateurs s'alarmèrent d'une confiance si totale et adjurèrent le prince Florizel de revenir sur ses intentions.

« Ce n'est que de la comédie, répondit-il, et je crois pouvoir vous promettre, messieurs, qu'il ne la jouera pas longtemps.

— Que Votre Altesse prenne garde de ne pas présumer de ses forces, dit le colonel Geraldine.

— Geraldine, répliqua le prince, m'avez-vous déjà vu renier une dette d'honneur ? Je vous dois la mort de cet homme, et vous l'aurez. »

Le président, ayant enfin trouvé rapière à son goût, signifia qu'il était prêt d'un geste qui n'était pas dépourvu d'une fruste noblesse. La proximité du danger et l'instinct de bravoure prêtaient même à cette malfaisante canaille un air de bravoure, voire une certaine grâce.

Le prince prit une épée au hasard.

« Le colonel Geraldine et docteur Noël, dit-il, auront la bonté de m'attendre dans cette pièce. Je ne souhaite pas qu'un de mes amis ait la moindre part à cette transaction. Major O'Rooke, vous êtes un homme d'expérience dont la réputation n'est plus à faire ; je confie donc le président à vos soins. Le lieutenant Rich aura la bonté de m'assister : un jeune homme n'a jamais trop d'expérience dans ce genre d'affaire.

— Altesse, répondit Brackenbury, c'est un honneur que j'apprécie infiniment.

— Parfait, répondit le prince Florizel, j'espère vous prouver encore mon amitié en de plus importantes circonstances. »

Ayant dit ces mots, il sortit le premier de la pièce et descendit l'escalier de la cuisine.

Les deux hommes qui étaient restés seuls ouvrirent d'un coup la fenêtre et se penchèrent, tous les sens aux aguets, afin de suivre les événements tragiques qui étaient sur le point de se dérouler. La pluie avait cessé ; le jour était presque complètement levé, et les oiseaux pépiaient dans les buissons et dans les grands arbres du jardin. On vit quelques instants le prince et ses compagnons suivre une allée entre deux massifs en fleurs ; mais au premier tournant une touffe de feuillage s'interposa, et ils disparurent de nouveau. Ce fut là tout ce que le colonel et le docteur purent voir, et le jardin était si vaste, le lieu du combat de toute évidence si éloigné, que rien, pas même le bruit des épées, ne parvint à leurs oreilles.

« Il l'a emmené du côté de la tombe, dit le docteur Noël, en frissonnant.

— Mon Dieu ! s'écria le colonel, mon Dieu, défendez le juste ! »

Ils attendirent l'issue en silence, le docteur tremblant de peur, le colonel transpirant d'angoisse. De nombreuses minutes durent s'écouler, la lumière du jour était devenue plus vive, les oiseaux chantaient de plus belle dans le jardin, avant qu'un bruit de pas s'en revenant vers la maison ne les fît se tourner vers la porte. Ce fut le prince, accompagné des deux officiers de l'armée des Indes, qui entra. Dieu avait défendu le juste.

« J'ai honte d'être si ému, dit le prince Florizel ; c'est là une faiblesse indigne de ma position, mais le fait que ce chien de l'enfer était encore en vie commençait à me ronger comme une maladie, et sa mort m'a revigoré davantage qu'une nuit de sommeil. Regardez, Geraldine », poursuivit-il, jetant son épée sur le plancher, « voici le sang de l'homme qui a tué votre frère. C'est un spectacle qui devrait vous faire plaisir. Et pourtant, ajouta-t-il, voyez comme nous autres hommes sommes étrangement faits ! Il n'y a pas cinq minutes, je me suis vengé, et voici que je me demande si la vengeance est possible sur la scène précaire de l'existence. Le mal qu'il a fait, qui peut le défaire ? La carrière au cours de laquelle il a amassé une immense fortune (car la maison même où nous nous trouvons lui appartenait), cette carrière appartient désormais pour toujours à la destinée de l'humanité ; et je pourrais me fendre en quarte jusqu'au Jugement dernier que le frère de Geraldine n'en serait pas moins mort, tout comme des centaines d'autres innocents n'en seraient pas moins déshonorés et débauchés ! Il est si facile de prendre la vie d'un homme, et pourtant quelle puissance ne peut-on tirer de son emploi ! Hélas ! s'exclama-t-il, y a-t-il quelque chose au monde d'aussi décevant que de parvenir à son but ?

— La justice de Dieu a été rendue, répondit le docteur. C'est tout ce que je vois. La leçon, Votre Altesse, m'a été cruelle ; et j'attends mon propre tour avec une mortelle appréhension.

— Que disais-je ? s'écria le prince. J'ai puni, et voici l'homme, à côté de nous, qui peut me permettre de défaire le mal. Ah, docteur Noël !

vous et moi avons devant nous bien des jours d'honorable labeur ; et peut-être qu'avant que nous en ayons fini, vous aurez largement racheté vos erreurs passées.

— En attendant, dit le docteur, laissez-moi enterrer mon plus vieil ami. »

Et cela (me fait observer mon érudit arabe) constitue l'heureuse conclusion de notre conte. Le prince, il est superflu de le préciser, n'oublia aucun de ceux qui l'avaient servi dans ce noble exploit ; aujourd'hui encore son autorité et son influence continuent de les aider dans leur carrière publique, tandis que sa magnanime amitié ajoute aux plaisirs de leur vie privée. S'il fallait rassembler, poursuit mon auteur, tous les événements dans lesquels le prince a joué le rôle de la Providence, il faudrait emplir le globe terrestre de livres. Mais les histoires concernant les fortunes du « Diamant du rajah » constituent un récit beaucoup trop divertissant, dit-il, pour être omis. Suivant avec prudence les pas de cet Oriental, nous entamerons à présent la série à laquelle il fait référence, avec :

« L'Histoire du carton à chapeaux ».

Histoire du jeune homme aux tartelettes
   à la crème   11

Histoire du docteur et de la maille
   de Saratoga   62

Aventure du fiacre   105

Composition Nord Compo
Impression Novoprint
à Barcelone, le 4 mai 2005
Dépôt légal: mai 2005
Premier dépôt légal dans la collection: septembre 2003

ISBN 2-07-030385-3./Imprimé en Espagne.

137079